最后的现金劫犯

[日]竹田人造 —— 著

游凝 —— 译

台海出版社

◇千本櫻文庫◇

◇前言 PREFACE

文库，原本是指收纳书物的仓库和书库，也指收纳书、记事簿以及非日常物品的小箱子。以前者为例，京滨急行线的"金泽文库站"就是镰仓时代北条氏用来收藏汉书用的，"金泽文库"名称的由来便是如此。东京都的世田谷区也有收藏着珍贵汉书的"静嘉堂文库"。后者多被称为"手文库"。

江户时代以来，可以放入袖袂的小开本图书逐渐流行起来，被称为"袖珍本"。明治三十六年（1903年），富山房发行了小开本的丛书，起名"袖珍名著文库"。随后，明治四十四年（1911年），讲述战国时代的猿飞佐助和雾隐才藏系列故事的讲谈社"立川文库"出版发行。讲谈是一种日本民间艺术，指以口语化的方式讲述历史故事的形式。而"立川文库"则是指将讲谈收录成册并集中出版的丛书，据统计，当时刊行量为200册左右。从那时起，文库就脱离了原本的释意，逐渐演变成了现在的类书集丛。

文库说法借鉴了日本出版业界的传统说法。而千本樱源自日本奈良县吉野山樱花盛开的奇景，世人皆用"一目千本樱"来形容樱花美景。千本樱文库的收录作品皆为日系作品，题材包括推理、悬疑、幻想、青春、文化等类型，恰如千本樱满山盛开的绝景。

现代日本，以"文库"命名刊行的丛书系列有200种以上，所谓

"文库本"只不过是统称而已。日本传统的文库本常用的是A6尺寸（148mm×105mm），也叫"A6判"。千本樱文库的所有图书将在文库本的基础上提升，达到148mm×210mm的开本标准。追求还原的同时，力图带给读者更清晰的阅读体验。

　　在日本一提到早川书房，人们马上就会联想到那些充满神秘感、紧张又刺激的故事。作为日本出版文学类图书的著名出版社，早川书房在科幻小说领域可以说是独占鳌头。日本的许多科幻作家如筒井康隆、野阿梓、神林长平等，均从该社于1961年创办的"早川·SF大赏"出道。2010年，为振兴日本的科幻小说作品，已停办18年的"早川·SF大赏"宣布以"早川SF大赏"的新面貌重新开展评选活动。本作是由第九届"创元SF大赏短篇奖·新井素子奖"的获奖作品 *Adversarial Pipers* 改编的长篇小说。原作《在电子泥船上装金币》在斩获第八届早川SF大赏优秀奖后得以修改和出版，同时书名也正式变更为《用AI获取10亿的完全犯罪指南》。在中文版中更名为《最后的现金劫犯》。

　　这部由竹田人造所写的科幻小说，讲述了近未来热爱电影的职业犯罪者邀请落魄的AI工程师入伙，抢劫自动运钞车与黑帮金库获得10亿日元的故事。小说干脆利落，独具趣味性，AI方面的知识也很专业。全文结构没有浪费，伏笔收回得很好。看完故事，就像看了一部90分钟的好莱坞动作电影一样畅快。是一部极具激情又令人痛快的杰作，欢迎各位读者前来阅读体验！

千本樱文库编辑部

SCIENCE FICTION CONTEST

科幻总选举

在科幻作家中有这样一个说法——科幻的本质是用想象延展人生。如果说人类的伟大在于发现和应用科学技术，并用科学技术创造出了这个世界。那么想象力就是一切创造行为的原点。

想象力并非与生俱来，也不是后天训练产生的。它更像是一种思维，是想要追寻的生活方式。拥有同样思维的人，用想象力扩展人生，触摸当下还无法触及的时空和世界。而当这样的群体聚集起来的时候，便形成了名为"科幻"的亚文化。

"科幻选举"是某个科幻题材的小说公募新人奖。除了发掘有才华的新人之外，该奖还非常注重想象力。近年来的获奖作品，不仅内容十分精彩，题材和科幻元素也都新意十足，例如童话与科幻结合，还有对未来AI世界的预见等。

如今，科幻小说的分类已经多达数十种，科幻元素也被植入了其他各式各样的类型文学。科幻的概念也在媒介联动的大环境下，无限地向外部扩散传播。

"科幻总选举"既是口号，也是专题。我们旨在发掘洋溢着想象力的科幻作品。就像其他专题一样，不局限于内容题材和所获奖项，依然维持优先个性的少数派精神，希望能够传播不一样的思维与生活方式。

千本樱文库

Contents

最后的现金劫犯

Tonkotsu Takers Slave Snake

目录

ACT I
最后的现金劫犯
001
Going in Style

ACT II
叛徒马戏团
059
Tonkotsu Takers Slave Snake

ACT III
修士扭曲的爱情
159
Master's Strangelove or: How I Learned to Stop Worrying and Love AI

尾声
289
Epilogue

Prologue

——咳,也就是说,我在此再三重申。

窃以为,关于《首都圈大数据安保系统特别法》的重要性,我们已经得到了各位国民的充分理解。

"凶恶化""自动化""低成本",由于 3D 打印和无人机的普及,更重要的是 AI 技术的发展,这几个词汇成了近年来犯罪事件的代名词。

国内的犯罪手段愈发凶恶化,恐怖事件的危险性也逐年递增。在这一背景下,为确保各位国民生活得安全、放心,我们必须最大限度利用日本的信息技术(IT),构建一个坚不可摧的、全方位的安保系统。

另外,与此相关的一切大数据的利用都经过正规流程筛选,交由合适的企业来负责,所谓的"受到国家监控"可谓是无稽之谈……

——摘自 10 月 29 日,数字革命大臣今田记者招待会发言

ACT I

最后的现金劫犯

Going in Style

0

下午两点，首都高速高架桥下的停车场，哪怕是坐在轻型面包车里也觉得嘈杂。来往车辆的声音加上台风带来的狂风暴雨，就连GPU（图形处理器）风扇的声音听起来都微弱了许多。

这台带GPU的大型笔记本电脑的屏幕上有四个窗口，映出无人机不同的航拍影像。视角是停车场正上方，首都高速公路的照明系统上方二十米左右。

无人机的八片扇叶灵巧地转动着。它飞得很稳，对台风视若无物。尽管是些小得不能再小的细节，但它的动作可以说是智慧的结晶。根据空气阻力、浮力和几秒之后的预计风向计算出如何转动扇叶才能达到效率最大化……就连苍蝇都能凭本能做到的一连串动作，在AI的计算下也完成了。实在是令人感动。

我想了解"它们"的世界。它们在思考着什么？它们眼中看到的、脑子里所想的是什么？那是一个不同于人类的，另一种智慧的世界。与感情、立场和善恶毫无关系，只凭期待值说话，纯粹的统计学的智慧。要是没听到那句废话，现在我可能还沉浸其中呢。

"也就是说啊,三之濑小弟,我可是想把这个拍成电影的。"

车里的另一名乘客打断了我的思路。这个男人的打扮说是瘆人都不为过。他身披暗红色斗篷,头套下只露出两只眼睛,还戴着一顶尖尖的女巫帽。除非是职业摔跤选手,一般人看了只想报警。更令人害怕的是,我自己也是一样的打扮。车里堆满了公文包,十分逼仄,男人轻巧地绕过这些杂物把脚搭在了副驾驶座的靠背上。

"在日本,赞助商们肯定不答应,但好莱坞对真实的犯罪事件可是宽容得很。瑞恩·高斯林[1]说不定会对我进行一番美化呢。"

"不好意思五嶋先生,我正在思考人生。"

"说句实话,现在可有点晚了……哎哟,我们的当代大名[2]携亲信大驾光临了。"

我把目光转回无人机的航拍画面。"那东西"在四辆警备车的簇拥下出现了。遍布装甲的硕大躯体。大海一般的深蓝色。毫不掩饰它那戒备森严的气势,那是一辆六轮运钞车。

它名叫"Whale(鲸鱼)",是从美国进口的第八类特种车辆。别说军用步枪了,就连RPG火箭筒都能抗上几发,坚固程度比装甲车更甚。这辆运钞车有各种各样的优势,如在沙漠和湿地也能通行无阻、配备AI智能机关炮等,但最值得一提的还是它的驾驶座。前挡

1　瑞恩·高斯林:加拿大导演,执导了《银翼杀手2049》等作品。——译者注

2　大名:日本古时封建制度对领主的称呼。——译者注

风玻璃是极深的深蓝色，已经超过了法律允许的遮光程度，向内窥视（虽然无人机镜头的分辨率几乎做不到）也看不到一般车辆里该有的方向盘、油门、刹车和驾驶员。"鲸鱼"是日本唯一合法的全自动驾驶车辆。

运钞车里潜藏着恶魔——最能说明这一点的就是那桩"三亿日元事件"。摇摆不定的人类一旦听从了内心恶魔的耳语，钱就会不翼而飞。为了对抗这个诅咒，政府决定把人和钱彻底隔离开。由AI来开车，AI来管理银行金库。AI不会一时走火入魔，也不会屈服于甜美的诱惑——起码银行负责人对销售的这些话术没有异议。

"三之濑小弟，做好心理准备了吗？"

"还没。"

"噢，这样啊，但我们还是要干哦。"

五嶋摆弄着手里老旧的智能机，公文包中的某物突然尖声响了起来。响声让我有些耳鸣，随之，面包车的车载导航显示"无信号"。这是针对性的信号屏蔽功能，能屏蔽半径一百二十米内的无线Wi-Fi、手机信号和GPS。但无人机仍然能进行拍摄，因为连的是蓝牙。

"三之濑小弟。"

"知道了啦。"

我点击笔记本电脑上的控制面板，无人机下方搭载的投影仪在首都高速公路上投下一个男子的影像，笔触很浅，像绘本里的人物。这是用免费网络素材制作的吹笛人画像。由于交通阻塞，"鲸鱼"的速度略有下降,吹笛人以滑稽的动作左右横跳着向它招手。投影跨过一辆辆汽车,抓着建筑工地里钢筋的样子还带着些奇幻和童话色彩……

这时,异变发生了。仿佛被吹笛人所吸引,"鲸鱼"一摇一摆地向他拐去。

"怎么了?慢着……这是逆行。喂,给我回来!"

警备车透过喇叭大喊,但全无效果。本来"鲸鱼"就没有耳朵,而且它已经被吹笛人迷住了。它把两旁的警备车丢在首都高速公路上,逆行下了高架桥,乖乖停在了我们的面包车旁边。

"嗯——真是精彩的一幕。"

我两边胳膊底下夹着公文包下了车。

"光天化日之下抢劫运钞车这一点就很有看头了。而且抢劫的手段也充满智慧,没有造成任何伤亡,有点滑稽还有点潇洒。保守估计在全球也能有十万美元的票房吧?"

五嶋操作着手机里的自研App慢悠悠地开锁。车门打开了,我们和车里穿着蓝色制服的中年保安四目相对。

"你……你们是什么人?是怎么做到……"

五嶋反应飞快,他随手一挥公文包,用它的边角击中了保安的下颚,只一击就让他昏倒在地。实在是了不起。

"你刚刚还说'没有造成任何伤亡'……"

"动作要素也是有市场的。"

我们把保安拖下车,坐进了没有方向盘的驾驶室里,又从公文包中拿出两台相机和投影仪,把它们固定在车内。

"对了,三之濑小弟。电影的名字就叫 *Adversarial Pipers* 怎么样?一定会大火吧?"

"嗯……等它过气了我可能会碍于情面去借几张 DVD 来看吧。"

"你倒是来电影院看啊。"

"不用,我已经在现场了。"

发光的投影仪在道路上投下吹笛人的身影。每当他踏着愉快的舞步跃动,"鲸鱼"就兴奋地加快油门。

坐在副驾驶座上的我双手扶额。啊——还是开始了。

1

我遇见这个名叫五嶋的男人,是在距今约两个月前。因为最终走上了"强盗"这条不归路,所以与他的那场邂逅,自然也不是什么好事。

彼时我正躺在睡袋里。虽说今年是个冷夏,但近来残暑未消,这个户外睡袋的保温效果除了让人难受以外别无价值,但我却无法脱下它。因为我的双手被绑在背后,双脚也一样。

这是一个昏暗潮湿的地下室。远处传来车水马龙的声音,但被蒙住眼睛带到这里来的我并不知道自己身在何处,知道了好像也没什么意义。水泥地板上铺着塑料膜和报纸,看来已经做好了善后的准备。

"喂喂,三之濑。你这家伙是我妈吗?还是教我念书的老师啊?"

一名头发剃得精光的男子蹲在蓑衣虫般的我面前，他是盘踞在歌舞伎町的黑社会头儿，这身灰色衬衫非常适合他。男人的名字叫六条。

"都不是。"

"我和你这家伙是什么关系？"

"债权人和债务人的关系。"

"是善意的第三方和器官提供者。"

六条一边恐吓道，一边故意亮出手里的注射器。不用他说我也知道，自己之后会被肢解。回想起来，我的人生之落魄是按部就班的。父母被诈骗犯所蛊惑，让我作为共同担保人购买了金融产品。后来诈骗犯落网，钱却再也回不来了。辛辛苦苦工作七年赚的钱转瞬间化作泡影，只剩下高筑的债台。父母因为心力交瘁而病倒，我不得不筹措他们的医疗费，不知不觉间就落得这样的下场。哎，不提也罢。

"但要把我出口到菲律宾可不太好。"

"你很怕热吗？"

"不是。要是去了菲律宾，就算受尽痛苦折磨也拿不到一分钱。"

六条露出了讶异的神色。

"看看MNN网络新闻吧，整个版面都有报道。"

六条使了个眼色，他的部下——一名黑衣小混混慌忙掏出老旧的智能机，不停地点点划划起来。

"《进步的台风预测技术，误差10米之内》？"

"啊，请翻到经济版。那个国家好像已经不用纸币了。"

六条的表情扭曲了。他从部下手中夺过手机，气得踢飞了折叠椅。看来我说得没错。

"水印防伪的时代已经过去了。之后是政府认证的区块链的天下了哦。"

通过用见不得光的手段赚到的钱要洗了才能用，这是常识。一旦资金去向被掌握，不但自己的行踪可能暴露，要是被逮捕可就一分钱也赚不到了。通过洗钱与过往的交易记录一刀两断，是近代以来犯罪组织们的救命稻草。

但近年来，受到虚拟货币和电子货币发展的影响，既往的洗钱手法开始面临巨大的危机。本来复制电子数据就很简单，也正因如此，人们绞尽脑汁想确保电子货币的正当性，其中一个手段就是"区块链"技术。区块链也被叫作分布式账本技术，能通过交易记录确保资金的正当性。一旦电子货币、虚拟货币使用了区块链技术，抹去交易记录就相当于抹消了这笔资金的正当性。在技术发展的黎明期也曾有过篡改记录的方法，但现如今，除非手段极其先进，又或者是用了某种特别的诀窍，否则洗钱几乎是不可能的。而这些黑道小喽啰并不具备那么高超的能力。

"那又怎么样？我没有任何理由担心要怎么把商品换成清清白白的钱。"

六条装出一副平静的样子，但显然被我戳中了痛处。我虽然不了解器官交易市场，但想要干掉一个人类可是代价很大的。如果付出了这样的代价，最后得到的却是有迹可循的电子菲律宾比索，那也太不划算了。

"听好了，我们已经决定好今晚要吃咖喱。买了肉，也买了咖喱块，洋葱和胡萝卜再不吃就要过期了。这时候马铃薯突然大喊'住手！我觉得马铃薯炖肉更好吃'，你会怎么办？"

"那个，六条先生。"

"干吗？"

"这个比喻很可爱呢。"

六条把注射器往墙上一摔。

"计划有变，拍虐杀影片。"

"哦？挺能干嘛。"

一个男人顺着楼梯走下，说话的口气就像熟客走进了居酒屋。他看起来三十五岁上下，不管是那副浅色墨镜，还是五彩斑斓的夏威夷衬衫，又或是脖子上戴着的银项链，都浮夸得像个演员。

"五嶋先生，您随随便便走进别人工作的地方可不好。"

"别呀，六条小弟。我可是给你带来了一笔大生意。"

五嶋扫了一眼，就把黑道组员从折叠椅上逼退，大摇大摆地在椅子上坐了下来。看来六条组被五嶋压了一头。

"咦，那张脸……莫非你之前干过忍者吗？"

我已经完全被裹成了一只蓑衣虫，以至于花了好些时间才反应过来他这是在跟自己搭话。

"我是在多摩出生长大的。"

"不是甲贺或者伊贺啊。你看,这是介绍NN Analytics公司技术的网页,我们之前是生意伙伴,所以见过。"

啊,这么一说……我挣扎着点了点头。在我还有正经工作的时候,曾作为AI技术开发小组的一员在公司的主页上露过脸。当时,摄影师要求我"做出搓陶器的手势",之后被部分人评价"像忍者在结印",虽然我自己当时并没有那个意思……

"很有意思哦,那个叫啥来着,'读懂深度学习的心'什么的。"

"Advanced Smooth Grad是吧?"

人类并不了解AI的世界,也不知道AI眼里的世界、心里的想法是什么样的。说得更准确些,就是能被我们玩弄于股掌之中的AI已经落后了。

以线性回归和逻辑回归为代表的线性模型中,特征数量的增减会导致不同的结果。因此,我们知道特征数量的权重具有决定意义。哪怕是非线性模型,也可以通过最邻近法找到数据中的邻近点,决策树也能把判断依据写进"if条件语句"中。

但所谓的深度学习和深层神经网络并非如此。它们累积了无数仿射变换和非线性函数,有着数以亿计的参数,能以超乎人类理解的程度进行学习和推论。对其进行解释是极为困难的。在这种情况下,能对"它们"的智慧进行浅层探索的方法之一,叫作斜率(Gradient)

可视化。深度学习能通过数据，对参数进行微分进而学习，反之，通过参数对数据进行微分，也能看到数据中对模型输出造成影响的要素。虽然不过是"某一特征量会对某一数据造成影响"这种局部的敏感度分析，但也是有一定需求的。

而Advanced Smooth Grad就是这类技术中的一环。尽管它没有任何创新性，不过是应用于产业领域的一项技术，但因为这种题材很适合当"财富密码"，所以宣传效果非常不错。

"哎呀，真叫人惊讶！没想到竟然能在这种地方遇见ASG的忍者。"

"能不要给我起这种奇怪的花名吗？"

"是因为害怕它变成自己死后的法号吗？"

说着，身穿夏威夷衬衫的五嶋笑了。

"那我再做一次自我介绍吧。我叫五嶋，干着一些不算正经的工作。请多指教，三之濑小弟。"

五嶋想跟我握手。我试图回应，但只能让睡袋的肘部附近鼓起一块。

六条清了清嗓子。

"希望您不要随意跟我们的商品打招呼。"

"抱歉抱歉，打断了你们的谈话。"

五嶋说。

"所以，你们刚才在聊的是托了区块链的福，没法赚到虚拟铜子儿了对吧?"

"你听见了啊……"

六条皱紧了眉头。看他的表情,像是提起了另一件不愉快的事。

"我给烦恼的六条小弟带来了一个喜讯。要是我说,有票生意能让你拿到一笔无主的大钱,你会怎么做?"

"你说什么?"

"给我三千万日元投资和几张身份证,还有人手。有了这些,我就许你四亿日元的无主现金。"

黑社会六条大惊失色。

"四亿日元?你打算干什么?"

五嶋故意顿了一会儿,在六条额头青筋浮现前才回答。

"我要抢劫运钞车。"

2

别开玩笑了——这是六条脱口而出的第一句话,也和我的想法不谋而合。抢劫运钞车是性价比很低的犯罪。抢劫现金之所以现在还能成为电影题材,正是因为难度极高。

但五嶋目光冷漠,无动于衷地用手持投影仪在房间墙上投影出一份PPT。

"在两个月前,传闻某国议员将在水岛银行的新宿分行取出十亿日元的存款。这就是我要抢的那笔钱。"

这个人到底是从哪里拿到这种内部情报的？我心里狐疑，但没说出口。既然六条什么也没说，就代表以五嶋的身份知道这些也很正常。

"我的目标是GM公司生产的运钞车，大家都叫它'Whale（鲸鱼）'。它是拥有完全自动驾驶许可的特种车辆，在日本很稀有。也是同时拥有哺乳动物的智慧和海洋生物厚厚脂肪的怪物。这玩意儿会带着四辆警备车，载着钱和最先进的验钞机从水岛银行总行开到新宿分行。我们要在那里把钱拿到手。"

"你说拿到手……五嶋先生，你平时不看新闻的吗？就算真能顺利在卸货那一刻抢到钱，之后要怎么逃走？"

六条之所以叹息，是因为首都圈大数据安保系统——"CBMS"的存在。因为武装无人机的普及导致犯罪手段越发凶恶，为了对抗犯罪分子，日本警视厅大张旗鼓地引入了这套治安维护系统。毕竟开发它的费用可是比花了好几百亿日元的银行系统更高，效果也自然惊人。它大大提升了刑事犯罪举报率，让首都圈无法无天的犯罪成了历史。

CBMS由"眼"和"手"……也就是大数据解析和武装无人机两部分组成。

"眼"是三个系统的整合：背靠首都圈十万监控摄像头的人车追踪系统，背靠身份证号和信用卡信息的行动倾向分析系统，背靠SNS及通话信息的犯罪预测与情报收集系统。一旦被"眼"盯上，罪犯在遇到CBMS后所有现实和网络上的行动轨迹都一览无余。

而"手"——武装无人机也不是省油的灯。如今武装无人机的反应速度、射击精度都不是人类所能企及的。要击中以时速一百千米奔驰的汽车轮胎也轻而易举。因为其精确性，武装无人机甚至被允许装备军用步枪，东京都内各处也设置了无人机岗亭。前几天一伙南美强盗袭击ATM机后仅过了六分钟便被绳之以法，令人记忆犹新。部分嫌疑人投降后仍然被射杀一事也引发了各大综艺节目的热烈讨论。

"政府可是专门编写了一套叫《首都圈大数据安保系统特别法》的法条啊。CBMS能赢过那些无赖也正常吧？"

"只要有专用的法条，就算是御宅族也不会输给他们吧。不是还有《暴对法》[1]嘛。"

面对六条有理有据的反对意见，五嶋还是一脸淡定。

"还有啊，六条小弟。我也说过，还有其他人想趁卸货的机会动手呢。明明都有这种能完全免疫无人机的战车了。"

听懂了五嶋的话，六条脸色骤变。

"五嶋先生，你是认真的吗？"

"我可没说要拿手枪和小刀袭击战车。高科技就要用高科技来破解，我们也用黑客技术和无人机来和他们对抗吧。"

组员们发出动摇和称赞的声音，这氛围让我想起了自己以前待过

1　《暴对法》：全称是《暴力团对策法》，为限制日本暴力团活动，保障市民生活和经济活动而设立。——译者注

的公司。看来黑道中人也有难以抵挡的万能话术。

他们的对话中涉及很多专有名词，我不太听得懂，但听下来五嶋的计划是夺取GPS和三维地图信息。他打算通过妨碍频率扫描和发送虚假信号劫夺"鲸鱼"的网络，用假的GPS和三维地图让它走上错误的行进路线。只要屏蔽外部网络通信，就能阻止警备公司让"鲸鱼"自毁引擎。此外，他还计划在首都圈的其他地方也设置同样的无人机进行电波干扰，扰乱警方搜查。

"只要'鲸鱼'的网络操作权到手，这件事就成了。之后拆下车牌，把它漆成其他颜色，开开心心开走就行。"

原来如此，这人应该是个通信领域的技术专家。因为他既好像和我的前公司有来往，在那轻浮的表象之下又隐藏着技术领域特有的那种不健康的汗臭味儿。

但我心头有种难掩的违和感。五嶋提出的作战计划里有个明显的大纰漏。就算他的专业不是这个领域，但作为工程师，不应该没察觉这个纰漏。我无法坐视在场众人无视这个纰漏继续热火朝天地聊下去，终于——

"这个计划会失败的。"

我插了一句。这是个坏习惯，我是个坐不住的人。众人的视线集中到我身上。

"先不说如何应对CBMS，光是对'鲸鱼'采取的措施就不够完善。五嶋先生，你对三维地图有误解。三维地图既不是事先载入的，也不是通过通信收发的，它是利用摄像头影像和LiDAR（三维激光扫描技术）技术的实时建模。说到底，全自动驾驶车辆怎么可能只靠网络通信和GPS导航这种低级的系统来驱动。"

对短短几秒也攸关性命的自动驾驶技术而言，GPS通信所需的时间成本足以致命。所以全自动驾驶车辆甚至拥有能独立思考的大脑。

利用深度SLAM（即时定位与地图构建）技术进行三维地图构建和自我定位，通过语义分割（将摄像头拍摄的影像按像素维度进行打标）识别道路和障碍物，通过强化学习选择前进路线。将这些全部结合在一起，才能实现车辆的自主操控。

"就算干扰了通信，只要瞒不过AI就不可能夺取车辆的控制权。要是我的话，能想出更……"

我没能再说下去。一只擦得锃亮的鞋尖戳进了我的心窝。是六条的鞋。

"我说过了吧？你这家伙是我妈吗？还是教我念书的老师……"

六条没能再说下去。因为五嶋捂住了他的嘴。

"请接着说吧，老师。'要是我的话，能想出更'什么？"

在技术议题上，正确便代表一切。与在场众人的立场无关，与会议的氛围无关，与技术的用途也无关……不，我知道的，这不过是理想主义者的论调。像我这种二流研究者，说了也只会被白眼相加。要想活得轻松，这种想法并不合适。

但只有这一次，我能畅所欲言。别说活得轻松了，我马上就要死了。等我说完时,组员们向我投来苦涩的视线,五嶋则对我报以笑容。

"你是故意的吧?"六条瞪了五嶋一眼,对方轻轻耸了耸肩。

就这样,我赌上性命,成为这伙运钞车抢劫犯中的AI技术负责人。

3

我在五嶋的据点里暂时住下了。更准确地说是被他监禁了。去的时候蒙着眼睛,也不知道具体位置。

五嶋的家就像典型的电影宅居住的秘密基地。墙上挂着一个巨大的电视机,大得让人不想去猜测它有多少英寸。其他地方贴满了演员海报,看不见窗户。房间各个角落里放着玻璃收纳箱,里面整齐摆着蓝光影碟、DVD、LD还有录像带等老式存储媒介。到处都是高级音响,就像丛生的仙人掌,形成了一个不知多少CH(声道)的立体声包围网。房间里有一张柔软的红色沙发,旁边是一台小冰箱。五嶋陷在沙发里,咬了一口玻璃桌上吃剩的比萨。

"我是自由主义者,吃饭自由,睡觉自由,光盘想看多少就看多少,要上网也可以。但既然是监禁,就有规则,不许外出,不许第一个洗澡,家务一人一半,还有……"

五嶋从口袋里掏出手机,是个两代之前的老机型,上面套着绿色的胶套。那是我的手机。

"哎——什么什么?收到了YMO发来的消息,'最近没见你发近况,还有气儿吗?'"

消息是八云发来的,她是我的前同事。我伸出手想回复,五嶋当然没答应。他把手机关机后放进了书架上的小保险柜里。

"禁止与外部进行任何联络。还有……对了,可以上网看剧,但禁止看《绝不要跑》。"

我有些疑惑。没记错的话,这是一部六七年前曾经大火的日本影片。当时在SNS上成了一部现象级作品,还有人互相攀比谁刷的次数多。

"为什么?"

"这部电影的脚本太随意了,属于我爱不起来的大众作品。所以不许看,约好了哦?"

尽管还是有些耿耿于怀,但我也只能点头。

"OK,让我们遵守规则,享受愉快的监禁生活吧。"

五嶋从冰箱里拿出一罐啤酒……不,是一罐年糕红豆汤。看到他就着红豆汤吃比萨的模样,我在心中对五嶋更警惕了几分。

五嶋只给了我一台装有UNIX操作系统的手提电脑,听说在其他地方设有十二台服务器,可以随便连接SSH(安全外壳协议)使用。据五嶋说,以开发目的上网可以,但不允许登录警察相关网站,他也会检查浏览器访问记录——简直就像从一开始便知道要将我带过来一样。

"你准备得还真周到。"

"那当然,我可是高智商罪犯。"

"为什么把我捡回来呢?"

五嶋没有回答,打了个响指。墙上的大型电视机识别到他的动作,打开了电源。这时刚好在播NHK的深夜技术向节目,节目叫作《不断进化的综合安保AI:揭秘CBMS》,屏幕上一名五十多岁的精悍男子正在回答女主持人的提问。

男子名叫一川由伸,是日系AI企业巨头NN Analytics的总技师长,也是从安全领域转向机器学习的一名工程师,人称CBMS之父。

"当今社会,犯罪手段正在不断高端化、复杂化。面对这种不断变化的情势,传统AI已经不够用了。我们需要的是能瞬间掌握环境变化并提供对策的自我进化型AI。

"的确很多人对'自我进化'这个词怀有疑虑。很惭愧,我司的工程师当中也有这样的人,说什么研发自我进化型AI太过草率,真是些无能的蠢货。

"没错,我警告了他们······'你们的任务不是为做不到找借口,而是寻找方法去实现它。'因为那些下面的人画不出来的蓝图就在我这里。"

一川得意扬扬地聊着他的职场论,聊着人生,甚至开始批判起国会正在审议的《个人信息保护法修正案》来。那张志得意满的脸刺激了我脑海中的某段记忆,我不由得背过脸去。

"真不愧是时代的宠儿,说什么都是如雷贯耳啊。'你们的任务不是为做不到找借口，而是寻找方法去实现它。'这句话让年轻时的克里斯蒂安·贝尔[1]来说也是刚刚好。"

五嶋一边喝着年糕红豆汤，一边煽风点火。

"三之濑小弟，你以前是一川的部下对吧？"

他说的没错。在NN Analytics时代，我在他的小组里从事研究开发。

"别抱有太多期待。我只是个被炒鱿鱼的无能蠢货而已。"

"你还年轻，别说丧气话。"

五嶋看起来很无语，他拍了拍手，大屏幕上正讲述自己英勇事迹的一川不动了。看来他是特意录下这段访谈给我看的，真是个坏心眼的男人，是我迄今为止遇到过的人里性格第二坏的。

"你是叫……五嶋先生对吧。你到底是什么人？"

"我是现在很流行的自由职业者哦，自由职业犯罪者。从制订计划、协调资源到执行，什么都做，不受组织束缚，工作方式很自由。"

组织什么的先不管，希望你起码受法律束缚。

"六条小弟以前曾在我这尝到过点甜头。不过，比起这种事……"

五嶋拍拍手，结束了双方关于个人经历的讨论。

"继续聊点愉快的话题吧。让六条大惊失色的那个……只需用投影仪一照，就能像变魔术一样把'鲸鱼'拐走的方法。"

---

1 克里斯蒂安·贝尔（Christian Bale）：英国演员。曾参演《太阳帝国》《蝙蝠侠黑暗骑士三部曲》等作品。——译者注

"……Adversarial Example（对抗样本）不是魔法，而是确实存在的技术。"

只要知道AI眼中的世界是什么模样，就能知道该如何骗过它们。正如我刚才所言，自动驾驶技术对世界的认知来自摄像头影像的语义分割。简单来说，它会将影像中的每个像素点打上'道路''车辆''行人''障碍物''天空'等标签加以区别。这时，神经网络不仅要输出标签，也要输出标签的对数尤度（接近程度）。针对标签的对数尤度对敏感度高的像素进行分析，在这些像素里添加某种干扰，就能骗过神经网络。这就是Adversarial Example。Adversarial Example在肉眼看来往往只是些意味不明的噪点，对神经网络而言却是有意图的特征点。

"我们试一试吧。"

百闻不如一见。我环顾着屋里的陈设，寻找适合作为实验对象的东西，然后发现刚才五嶋用来放手机的保险柜上带着摄像头。

那是面部识别锁吗？刚好合适。

我向五嶋借了一台轻薄笔计本，打开LINUX系统的控制面板，从开源项目托管平台Github上克隆部分代码并进行简单修改，拍摄五嶋的脸部照片……一共花了二十分钟左右。

"完成了。"

我给五嶋看笔记本的屏幕，上面显示着一个铁皮人偶似的CG模型。

"啊，这是老动画里的——"

"Sunny。现在我要用他的人脸打开保险柜。"

我执行代码，给Sunny加上各种五颜六色的噪点，然后把这张照片对准保险柜摄像头。

"别闹了，那个保险柜里只录入了我的脸……"

"打开了。"

保险柜很快便乖乖张开了嘴。我想拿出自己的手机，但被五嶋一把抢了过去。

"我会把它换成密码锁的。"

糟糕，干了些多余的事。我一边后悔，一边继续往下说：

"这就是Adversarial Example，也就是对抗样本，一种通过微小噪点欺骗AI的技术。运用这种技术应该也能骗过'鲸鱼'。"

我们可以让"鲸鱼"改变路线，或是让它误以为眼前是高速公路而加快行驶速度。只需操纵无人机拍摄道路，再利用对抗样本生成器进行加工后投影即可。实际上自动驾驶所用的深度SLAM技术除了摄像头影像外，也会使用微波雷达或LiDAR帮助定位，但从神经网络的图片偏重倾向来看，干扰摄像头影像就能骗过它。这就是我的"鲸鱼"诱拐计划。

"真棒，感觉不错，很适合拍成电影。我喜欢。"

"但它可能无法实现。"

没错，要想实现这个计划，有两大瓶颈。

"第一个瓶颈是对抗样本生成器需要借助目标对象神经网络的相关情报进行学习，模型结构、参数、硬件组成等。考虑到任务难度，我希望获得尽可能详细的情报，但'鲸鱼'的生产厂家可不会提供这些。

"刚才那个保险柜在广告里宣传自己'采用了成绩斐然的传统面部识别系统Deep Face！'所以我才能打开，因为Deep Face的代码是开源的。"

"我不会再买这种保险柜了。"

"很明智。还有，瓶颈不止这一个。

"另一个瓶颈来自计算量和电力。要想一直欺骗'鲸鱼'，就必须实时更新图像，保持对抗样本生成器不断工作。要同时进行空间认知、预测和对抗样本的生成，模型体积会变得巨大，一个GPU的算力是不够的。好几个大型GPU同时工作则需要相应的电力，但我们又不可能把发电机搬进狭窄的车里。

"也就是说，如果不突破这些瓶颈，就不太可能……"

说到一半，五嶋拍起了手。

"就是这个！"

是哪个啊？我有些疑惑。

"我就是为此才把三之濑小弟你捡回来的。你不是傻子，也知道自己现在之所以还能活命，只是因为对强盗团伙来说还有点用而已，对吧？只要我愿意，随时可以退货。但……"

五嶋用拇指做了个抹脖子的手势。他的话让人毛骨悚然，但没有错。要是把生存本能放在第一位，随便附和几句，扮演聪明的跟屁虫才是上策。要是能在实行阶段被警方抓住就更好了。

"但你还是说了出来。你无法克制自己作为一名工程师的本能，这就是所谓的'特质'，特质比性格更可靠。可靠可是很重要的哦，毕竟背叛是故事里最廉价的转折。"

这就是道上混的经验之谈吗？我不太能理解。

"言归正传，三之濑小弟。我和某个海外军事组织有点交情，他们用的是GM公司生产的装甲车，AI和'鲸鱼'一样。装甲车虽然没法弄过来，但我可以让他们抽出AI。"

"和某个海外军事组织有点交情"——这句话令人在意，但五嶋轻易便解决了第一个瓶颈。

"还有，如果你对耗电量有疑虑，不妨用FPGA技术对那个对抗样本生成器进行重构如何？"

我哑口无言。FPGA是一种为特定目的定制的专用集成电路。正如五嶋所言，比起一般计算机，它的能耗低得多，体积也小得能够直接装载在无人机上。人们一直在研究如何将复杂的深度神经网络模型植入FPGA芯片。虽然它的兼容性不足以植入像CBMS那样的进化型AI，但反正他们也没想这么做。

"但这个门槛太高了。我不是专业人员，做不来。"

五嶋满脸得意地指了指自己的鼻子。

"我还宝刀未老呢。"

在道上吃得开、跟NN Analytics有过合作、认识海外的军事组织，还能组装集成电路，这到底是什么宝刀啊？

"那么，怎么扳倒CBMS和怎么花你那两亿日元，想先聊哪个？"

"……怎么扳倒CBMS。"

"那，来看 The Sting[1] 吧。"

五嶋没理会瑟瑟发抖的我，在光盘中翻找起来。

3.5

用我——五嶋的话来说，所谓的恶徒就像是腮腺炎。从小及时治疗的话就能将病根扼杀在襁褓中，年纪渐长就不好治了。要问这是为什么，因为恶徒们起初并不是些人生败者……他们都有所谓的"集中力"。

其中以三之濑为最。他白天像打了鸡血一样专心于开发，深更半夜才睡着。伏案而睡时口水竟然没把键盘泡坏，专业意识令人敬佩。

我没搭理一脸蠢相的他，正当我寻找新电影的试映会影评时，手机响了起来。是六条打来的电话。这个时间口头对工作，很有六条的风格。他该不会不晓得怎么发邮件吧？

"喂喂，我是未来的影界大咖。"

---

1 The Sting：中文译名《骗中骗》，1973年上映的美国犯罪喜剧电影。——译者注

"五嶋先生，我收到你的计划书了。那是怎么回事？"

没劲！单刀直入直切主题，真没劲。怎么不先来个没品笑话之类的开场白？不懂行的家伙。

"您是真打算把关东区CBMS的无人机地面站都调查一遍啊？"

"没错，别用自己人，雇些啥也不知道的人去做吧。不准偷懒。只有每个人都尽人事，这场抢劫才会变得美妙。就像合唱比赛一样。"

"话虽如此，这个范围是不是有点……能根据逃跑路线缩小目标吗？"

"不能。数据收集就如同打地基，这个阶段做得不好，再气派的宫殿也会瞬间崩塌。我们要在力所能及的范围内收集数据，再踏进赛场。要想赢过CBMS只有这个方法。"

简单陈述了一遍毋庸置疑的事实，但我知道这没什么用。六条的不忿并非源于理智的角度。

"这也是从三之濑那儿现学现卖的？"

"是专家意见。"

电话那头，六条发出了低吼。他正在拼命斟词酌句，让自己的反驳不要太过激。六条的斟酌并不是为我，而是为了资本主义。平素大摇大摆的黑社会也逃不过资本主义的手掌心。他们组有几条洗钱的路子是我介绍的，为今后的活动考虑，也应该避免和我这个擅长会计和IT的自由职业者交恶。

"五嶋先生，假如你是养猪场的主人，你会愿意听从肉猪的意见吗？'给我换种饲料''给我打扫猪窝''给我扩建猪圈'……将肉猪的命令转达给自己的部下，作为主人不会颜面扫地吗？"

"你的比喻还是一如既往的可爱。"

电话那头传来什么被踢飞的声音。看来是我玩过火了。他们之间的关系闹得很僵。我知道三之濑因为父母浪费而穷困潦倒，但催债人还真是恐怖。

"冷静点，六条小弟。你想想，这就跟把欠债的人关进章鱼工棚[1]一样，是一种劳动榨取。只是三之濑小弟刚好用途比较罕见而已，对吧？"

"我希望只是如此。"

六条的声音降低了好几个度。

"五嶋先生，我们想向你咨询的事太多了，所以今后也会一直跟你打交道。但三之濑可不一样，那玩意儿是我们借来的商品，希望您不要对他产生奇怪的感情。"

"这可不是该给专业人员的忠告。"

我挂断电话，三之濑发出了猪一样的哼哼声。他的身体颤抖了一下，又陷入深深的睡梦当中。

水面下暗流涌动。真令人羡慕啊，你就跟主角似的。

1　章鱼工棚：也叫"章鱼部屋"，指昭和时期北海道一种将劳动者长期拘禁在恶劣环境中，令其从事非人工作的现象。——译者注

4

在我们动手抢劫运钞车后过了约二十分钟。说实话，我感到非常后悔。当然也因为成了抢劫犯的帮凶，但就当下而言，是没带呕吐袋的后悔。

"鲸鱼"的巨大身影飞驰过了井之头公园的体育馆，身后有两辆巡逻车和四架CBMS的武装无人机紧追不舍。强风吹动树叶的沙沙声和敲击叶片的雨声共同打断了寂静的合唱。"鲸鱼"虽然造价相当于三辆法拉利，但它的座位设计丝毫没有为乘客考虑的意思，坐着一点儿也不舒适。每次拐弯我的胃便一阵猛烈的摇晃，就像身体频遭重击的拳击手。

"听好了，三之濑小弟。罪犯想登上好莱坞有两个铁则，就是领导力和惹人怜爱的气质。"

和我相反，五嶋心情愉快，沉浸在高谈阔论中。这也是为了上电影银幕而立的人设吗？他手里握着一台老旧的廉价游戏掌机，它的电源线连接着公文包里带GPU的UNIX终端。终端正通过不受电波干扰的Class 1蓝牙向位于车体上方的四架无人机发送信号。

五嶋有节奏地按着掌机，无人机投影出的吹笛人也随之舞动，"鲸鱼"一路被它吸引而去。仔细观察就会发现，吹笛人图案里夹杂着细微的马赛克。正如各位所知，这就是对抗样本。"鲸鱼"受干扰影响，误以为吹笛人前进的方向才是正确路线。我事先声明，用这个

"哈梅林的吹笛人[1]"图案是五嶋的主意。

"领导力靠我的聪明才智就够了，问题在于该怎么惹人怜爱。三之濑小弟不如就立一个晕车人设……那我该怎么办呢？"

我们经过吉卜力美术馆，来到吉祥寺大道，红绿灯前挡着四辆巡逻警车。但它们在"鲸鱼"面前和小石子没什么两样。

"那边的运钞车！停下！停……"

"那就让你们看看我的惹人怜爱之处吧。"

五嶋按下掌机的R1键，路上出现了一条保龄球球道。"鲸鱼"处在保龄球的位置，而巡逻车则在球瓶所在的地方。察觉到这意味着什么的警官慌忙逃到一旁，"鲸鱼"开始加速。它逼近了可怜的黑白球瓶。撞击！巡逻车就像球瓶一样飞了出去。

"Strike（全中）！"

打翻四个球瓶时本有机会制止他，但当时胃里酸水直往外冒，让我失去了这个机会。每当前方出现挡路的巡逻车，五嶋便巧妙地用掌机操控方向，我胃里的东西也随之翻涌。考虑到没有机会进行实地演练，又要从CBMS手中逃走，当时还是我自己提出由人来代替AI进行驾驶的。

"安全一点开好吗？"

---

[1] 哈梅林的吹笛人：英国民间传说，吹笛人为小城清除鼠患，居民们却拒不支付酬劳，于是吹笛人吹响笛子，将城里所有小孩带走，仅留下一名跛脚孩子的故事。——译者注

"这么说吧，三之濑小弟。"

在那一瞬间，伴随着一声脆响，车窗颤抖起来，我缩成一团。这可不是有谁在恶作剧扔石头。我们似乎被子弹击中了，虽然车窗上连一条裂缝也没有。窗外悬浮着一架黑色无人机，是CBMS的武装无人机。尽管在大街上，它还是无动于衷地朝我们倾注子弹。

"对我们来说，这才是安全第一。"

五嶋按下掌机上的O键，"鲸鱼"上方的一架无人机回过头，含有干扰的光照射在CBMS的武装无人机上。随即，"鲸鱼"鸣响了怒吼般的警笛——它将CBMS的无人机识别成敌人了。车体两侧和上方的装甲打开，露出了黝黑发亮的机关枪。

我还是第一次这么近距离地听到枪声。枪口焰像雷电般闪了十几下之后，武装无人机化为尘土。为了避免造成死伤，射击角度有限，但五嶋怎么有脸说这是"非暴力手段"啊？虽然动手开发这个系统的是我自己。

"我们就像是无敌大明星啊，三之濑小弟！"

五嶋竟然还笑得出来，真是难以置信。我已经要被震吐了。

"政府明明决定了用无人机追击罪犯，又为什么要在运钞车上装设机关枪呢？"

"'鲸鱼'本来是军用车辆吧。这种车很笨，我最喜欢了。"

我最讨厌这种笨车。

"我们会就这样打'警车弹子儿'，一直跑出关东地区吗？"

"但愿能吧。"

我看了看手提电脑，液晶画面上是三维地图，用半透明的多边形圈了起来。我们基于Google map和车载导航仪的信息，让六条组的小混混们随时提供最新情报。现在三鹰市政厅附近有个半透明的蓝点在移动，周围被模糊的红色雾气笼罩。蓝点代表"鲸鱼"的实时坐标，而旁边的红色雾气则是CBMS警备车辆的出现概率。从蓝点处延伸出几个代表前进路线的箭头，指向CBMS的势力范围外（埼玉、千叶、东京、神奈川之外）。箭头旁都标有逃亡成功率，主路线的成功率超过70%！真的没算错吗？我有点担心。

刚才警方和CBMS的反应明显比我们预测的弱很多，但愿只是我们把对方想得太厉害了。好想要情报，想上网查一通。但遗憾的是，现在没信号。

"电视信号还是能收到的。右边的口袋里有调谐器。"

我依言将电视调谐器的USB线连到笔记本上，映入眼帘的是以下字样。

"运钞车'诱拐犯'！吹笛劫车人出现。"

看来我们的犯罪在电视节目中成了话题。各台纷纷播出特快消息，报道这个CBMS应用以来发生的第一大事件。报道内容大同小异，包括罪犯骇入"鲸鱼"、罪犯通过无人机对整个关东地区进行信号干扰、警方正在搜索、CBMS接警方委托立即进行压制等。但其中收视率最高的毫无疑问是T电视台，因为那位传说中的CBMS之父恰好作为嘉宾坐在演播厅里。

"要用一个词形容这些人的匹夫之勇,那就是'孙悟空'吧。"

一川摸着自己的小胡子,施施然地说。

"因为他们妄图逃出CBMS的五指山。"

"我能把电视关掉吗?"

我顿时想关掉笔记本上打开的直播窗口,光看着就叫人恶心。过去的阴影让人胃里反酸,早饭都要吐出来了。

"冷静点啦,三之濑小弟。也别换台。我可是为了听一川老师直播才定在这个时间行动的。"

"为什么?"

"或许能拿到点提示也说不定呢。"

的确,一川喜欢表现自己,说得激动了很可能泄露某些搜查情报。

"最重要的是,比起在他们头上戴紧箍咒,还是手铐更合适吧?"

"我能把电视关掉吗?"

"等一下等一下。想被搬上大银幕,我们需要的除了潇洒和惹人怜爱,也需要讨人厌的角色,比如有钱人、政治家等。让这些令人看不顺眼的家伙遭殃,观众就会产生亲切感。从这个角度来说,一川老师是很重要的角色哦。"

言之有理,我点了点头,伸手打算将直播窗口关掉,五嶋啪地打了我一下。

"好吧。那,如果有想成为二号吹笛人的朋友们……当然我希望是没有的……就让我简单地说明一下,他们的所作所为有多么愚蠢吧。"

在我们争夺频道控制权期间,一川手里端着平板,在演播厅里开始了自己的独角戏。

"'鲸鱼'确实原来是军用车,有强劲的武装。警方手里没有什么装备能对它奏效。只用部分警力包围搜查的话,应该会被强行突破吧。"

一川滑动手里的平板,调出了监控摄像头的画面。看到"鲸鱼"撞飞巡逻车的一幕,演播厅里的嘉宾们都倒吸了一口凉气。

"要想阻止他们,起码需要三辆装甲车和三十六架武装无人机。还要考虑如何将这些战力配置在'鲸鱼'的行进路线上……虽然这么说可能会引发误解,但CBMS就是为此而生的。"

一川自然地从嘉宾席上站起身,推开主持人,主人似的在舞台中央踱起步来。

"让我们把问题可视化来看。如果首都圈交通网是棋盘,他们就是'鲸鱼',这边是装甲车和武装直升机,其他棋子是无人机。那么各个棋子的动线就是我们要解开的问题。我们该如何以最低的成本抓到吹笛人?他们又该如何从CBMS的手中逃离?双方的立场完全相反,也就是说,这是一个信息不完全的零和游戏[1]。"

1　零和游戏:又称零和博弈,指参与博弈的各方,在严格竞争下,一方的收益必然意味着另一方的损失,博弈双方的收益和损失相加总和永远为"零",故双方不存在合作的可能。——译者注

棋盘、棋子，有了这些关键词，越听越像是那种技术了。

"大家知道有一种技术叫作强化学习吗？"

"不出所料。"

五嶋轻声说。强化学习和监督学习、非监督学习一样，是机器学习的一个大类。其最大特征在于"智能体（Agent）"通过在"环境（Environment）"中自主行动，以获取最大"成果（Reward）"。从某种意义上来说，这是最能体现人类梦想中 AI 模样的技术。

人们以前一直通过机械控制和游戏AI对强化学习进行细致的研究，但在21世纪初引入深度学习技术后，强化学习取得了飞跃性的突破。其中最有名的莫过于Google旗下Deep Mind开发的Alpha Go。博弈树复杂度为10^{360}的围棋被认为是全面信息竞技桌游中的最难项目，而在2016年，Alpha Go以4比1的比分击败了当时的围棋世界冠军李世石。那一瞬间，人类在智力游戏领域最后的据点也崩塌了。

"强化学习技术就是CBMS自我进化的根基所在。这种技术表面风光，实际上是一种众所周知难以投入实际应用的领域，这主要是因为对'环境（Environment）'的依赖性。越是大型的问题，需要的模拟器就越多，我们没有这么多的模拟器。"

一川晃晃手里的平板电脑，演播厅中央的监视器上便映出了涩谷十字路口。乍一看景色平平无奇，仔细看去，会发现那是CG影像。

"请看，这就是CBMS引以为豪的虚拟首都圈。我们通过统合监控摄像头、巡逻无人机、巡逻警车和其他各种情报，运用Deep SLAM技术制作出了三维地图。这可以说是AI技术和物理演算制成的现实世界的数字化复制品。CBMS以这个虚拟首都圈为'环境'，通过犯罪大数据模拟各种类型的犯罪，经过无数次试错不断学习掌握对抗犯罪的最优解。那桩三亿日元事件要是交给CBMS，我保证能在十五分钟内解决。"

五嶋看看时间，吹了下口哨。看来我们的水平还是略高一筹。

"可是，一川老师。"

屏幕之外的评论家为了刷存在感开口说道。

"如果吹笛人也用了强化学习技术会怎么样呢？"

答对了。我们的探路模型是基于蒙特卡罗模拟法，以每秒三万次的速度算出的，能实时探索成功率最高的路线。

但一川狡黠地笑了笑，像是正等着这个问题。

"好问题。既然能做出骇入'鲸鱼'的逾矩之举，想必也多少有些猴儿的小聪明。"

就像孙悟空一样——还好他没说这句话，这是唯一值得夸奖的点了。一川从以前开始就喜欢反复说同一个笑话。

"但请各位放心。首先他们和我们用的'环境'质量就完全不同，获得的情报量也不同。最重要的是，强化学习只有在能实时演算的算力支持下才有意义。CBMS的计算资源来自七千台云GPU，每秒的模拟次数能达到约五十万次。"

"这是什么少年漫画设定啊？"

五嶋抱怨道。我感觉胃开始痛了，这个数字是我估的七倍，看来他们赚了不少钱。光是模拟次数就是我们这边的十八倍以上，再加上"环境"的差距，模拟的质量也不同。

"在那个没有信号的孤岛上，他们到底能对抗CBMS几分钟呢？让我们拭目以待。"

当我们为了躲避巡逻车的跟踪，拐过一个十字路口时，情况发生了变化。随着气球爆炸似的一响，吹笛无人机二号的信号消失了。"鲸鱼"的机关枪咆哮着击碎了左后方的什么东西，看来我们受到了躲在街边树荫下武装无人机的偷袭。

伏兵不止这些。四个黑色圆盘落在了人行天桥上，是无人机。机关枪打落了其中三架，但剩下那一架不见了。靠近副驾驶座的车门处传来硬物撞击的声音，接着，金属切割的声音充斥着耳朵，微微的震动让人坐着更难受了，是电钻。他们在CBMS的工事无人机上装设了电钻，试图撬开车门。这个角度也不在机关枪的射程范围内，工厂般的噪音让人神经紧张，倍感恐怖。

我们来到了隧道前，五嶋按下掌机的左键。"鲸鱼"车体晃动，装甲从水泥墙面上擦过。被比自己重千倍的质量碾压，可怜的工事无人机粉身碎骨，但左边的机关枪也坏掉了。我很崩溃。用机关枪和无人机一换一真是太不划算。

"别着急，三之濑小弟。对犯罪动作片来说，危机当然是越多越好,这样一来我们的主角指数就会一路暴涨,跟瑞恩·高斯林[1]长皱纹的速度一样快。"

他只是平时就喜欢皱着眉头吧……我刚想还嘴,却被车子驶出隧道时炫目的光线打断了。来自"吹笛人"上方的光线笼罩了"鲸鱼"。

"你看,主角指数上升之后还有聚光灯呢。"

"这是探照灯吧!"

我不由得抬头看向驾驶座的天花板。风雨中能听见翅膀拍打的声音,是直升机。我心里一沉。直升机本身并不算很大的威胁,虽然它有很强的信息收集能力,但受台风影响没法有太大的动作,也搬不动强力的武器,续航时间也很短,实在不行还能用威吓射击赶走。问题在于"直升机出现"这件事本身。结合CBMS直升机停机坪的位置、天气和高楼风几个因素来看,事件发生后这架直升机便一路向三鹰直飞而来。也就是说,CBMS早就预判了"鲸鱼"的行动路线。

我看了看3D地图,因为在意料之外的地方出现了敌人的棋子,探路AI陷入了大混乱中。几条逃走路线出现又消失,被半透明的红色区域所笼罩。很明显,模型开始疑神疑鬼了。

"我直说吧。六分钟内,CBMS已经抓住了吹笛人。而这庞大的计算资源已经开始倾注到'如何减少对城市的损害'上了。"

"他说'六分钟内已经抓到了'哦,一川老师真是个不错的反派。"

"现在是笑的时候吗?这可是胜利宣言啊。"

---

1 瑞恩·高斯林:加拿大男演员、歌手、导演。——译者注

一川虽然爱表现，但他不是毫无根据就下判断的人。CBMS已经看透了我们的想法。

"双方的实力差距太大了。只能靠'那个'来……"

"太早了，三之濑小弟。我说一川老师是个不错的反派，可不只是在嘲讽他。刚才也说过了吧？反派的铁则是领导力和惹人怜爱的气质。"

这好像是好莱坞电影出场罪犯的铁则吧？还有反派应该是我们才对吧？

"那家伙说漏嘴了，他说CBMS会在六分钟内和我们决出胜负。"

"六分钟内……"

"不惹人怜爱吗？"

"……对了！"

我立马用右手打开公文包中的一个。里面塞满了FPGA芯片和电池，就像石头里的西瓜虫一样。从公文包里伸出的电源线连接着笔记本的触控板。

"五嶋先生。我们会在六分钟内和他们决出胜负。"

我敲击着控制板，备用风扇发出了轰鸣。

笔记本屏幕上显示的探路模型模拟次数出现了爆发性的增长，刚刚还只是每秒两万左右的数字瞬间跳到了十亿以上。眼看着蓝色箭头不断增殖，模型预测出无数红色区域，又模拟出解法将其击破，我大声念出新的逃走路线。

"穿过多摩川。"

五嶋吹了声口哨。渡河很危险，有限的桥梁会减少我们的逃跑路线。直觉告诉我这不是一个好的选项，但在统计数据面前，外行人的直觉不值一哂。

"OK，是我们大展拳脚的时候了。惊讶吧，瑞恩！"

"鲸鱼"低吼着加快了速度。一架菱形的工事无人机从木材店拐角处出现，尽管我不知道，AI却已经预测到了。与探路AI联动的迎击AI立即识别并用投影仪照射它，无人机被机关枪击落了。装甲的碎片带着恨意打在前挡风玻璃上。

笔记本发出了警告声：十六秒后，三岔路口右侧将出现装甲车。

"加速，去药妆店停车场。"

"来喽！"

五嶋摁了一下掌机的操作杆，离心力将我整个人甩到一旁。"鲸鱼"旋转着拐了个弯，冲进停车场中。身后，失去了目标的CBMS装甲车一头撞到建筑公司的招牌上。

能预测敌人的动向，也能和CBMS打个你来我往。在七千台GPU面前，我的技术也不落下风。不知不觉间我握紧了拳头。

这是我想出来的对策，面对拥有庞大算力的CBMS，"让AI的世界变得狭窄"。这与一川的做法正相反。他是将现实模仿到极限建立"环境"，不断扩大CBMS的世界。

用于机器学习的数据（在不影响其本质的情况下）分形维数越小

质量越高。如果你一边看电影一边做饭，最后会根本不知道讲了什么故事，机器学习也一样。太多的信息只会使AI愚钝，让学习变得困难，增加计算量。

于是我们将七拐八绕的首都圈交通网进行了简化，制成了一个图表，道路是线，岔路口和死路是各个节点。道路宽度、角度，障碍物的位置，车辆数量等信息都被省去，和现实差距颇大，但比起一般的3D地图分维也大大缩小。在此基础上，我们又对图表进行了主成分分析，用少数主成分向量的集合来表现，进一步缩减了分维。

我将这些数据输入GCN（图卷积网络）模型让机器进行强化学习。我们的计划成功了。配合五嶋制作的一百二十枚FPGA芯片，外置探路AI的计算速度提高到了原来的约两万四千倍。

但如果仅有这些，论"环境"质量还是CBMS略高一筹。最后的关键在于"一川的可爱"。从他的话中可以推断出CBMS在距离我们六分钟路程的区域附近布置了封锁线，据此我限制了AI的思维，缩小探索范围，又提高了模拟速度。

额头的汗珠滑过脸颊，差点掉到棋盘上，我慌忙擦去。高速计算需要消耗大量电力，也会产生极高的热量，坚持不了很久。但还是能支持十分钟左右。既然CBMS说要在六分钟内决出胜负，时间足够了。

我们出了药妆店停车场，来到鹤川街道的十字路口。这时，右手边出现了大概是调布市警署的巡逻车，左手边则是CBMS的装甲车。

当然探路AI已经预料到了这一切。

吹笛无人机中的一架迎上去,在巡逻车前打开灯。随即警车来了一个急刹加急转弯,猛地打了个旋——对抗样本让它看到了冲进马路的孩子,激活了N社出品的自动刹车系统。为了避开猛冲过去的巡逻车,挡住我们前路的装甲车发生了侧翻,武装无人机一时间也飞不出来了。我们穿过住宅区的小路,驶过了公园。

"三之濑小弟,这边可没有带车道的桥,莫非……"

"我们走铁路桥。"

五嶋笑了。

"京王相模原线……是私铁啊,赔偿金应该高得吓人吧。"

赔偿金应该也包含在强化学习的"成果"中,我想。但已经太晚了。一辆装甲车和三架菱形的工事无人机正从前方迫近,没有时间了。"鲸鱼"向右拐了个大弯,穿过一片小茶田,冲破栅栏来到了正面的铁路上。

铁路上砂石飞扬,颠簸震动着我的大脑。按照探路AI的预测,我还需要忍耐一分钟。再过一分钟就能甩掉直升机,离开红色包围区域。

"鲸鱼"穿过京王多摩川站的站台,月台上一群手拿雨伞的主妇茫然地望着我们。运钞车开进了铁路桥。最近政府正在加速进行铁路修复,但因为今天的事件,去往多摩方向的白领们大概得晚一小时才能到家吧。我想起了那段挤电车上下班的时光,但伤感只持续了十秒钟。

"三之濑小弟，接下来有什么吩咐？"

"就这么过桥，在到达对岸前向左下拐。"

"OK，左下对吧？"

"……下？"

我们异口同声地说。我再次看向三维地图，按照推荐路线，"鲸鱼"确实应该在到达对岸前一刻冲上河滩。

我把额头抵在厚厚的车窗上，下方多摩川正在涨潮，水流湍急。汹涌的水势仿佛在告诉我们，就算是河童也会被冲走。

"哪怕真正的鲸鱼也没法逆流而上吧！"

如果能顺利着陆，我们逃亡的成功率将超过八成。反之，如果审时度势走稳妥的路线，成功率只有不足一成。模型仅通过二百四十次演算便得出了这个结论。

"因为我们把所有可能的路线都输入了物理演算引擎。从'鲸鱼'的车体强度来看没有任何问题。"

"那我们的人体强度呢？！"

五嶋质问道。我挠了挠脸颊。

"不是说要惹人怜爱吗？"

"这种类型的怜爱可不行，三之濑小弟。"

桥梁对面闪烁着警车的灯光，警车立即开始布下封锁线。再打一次保龄球当然也可以，但在那前方又有多少陷阱正等着我们呢？

"看来没时间多聊了！"

五嶋按下掌机的×键。"鲸鱼"冲出了桥，坚信虚空前方有着光辉的未来。

5

从以前起，我就对低气压比较敏感，一到这种天气便郁郁不乐，还会耳鸣。我曾经很羡慕下雨天就休息的卡美哈梅哈大王[1]，但这次我庆幸自己拥有这样的体质。

"早上好，三之濑小弟。"

我在耳朵的阵痛中清醒，似乎是摔落的冲击让我失去了意识。在我睡着期间，五嶋一个人承担了驾驶任务，还好他的身体够强。

窗外是静谧的田园风光。虽说静谧，但台风的势头正不断增强，小小的农家好像马上要被掀飞了，只是因为没有持枪的追兵，还有点田园牧歌的味道。三维地图上的蓝点正位于奥多摩町地区。根据事先下载的气象预报，目前我们正在靠近台风中心。无人机还剩三架，电池大概还能撑四十分钟。看来我们还是撑到了甩开追兵那一刻。

"警察呢？"

"没来。我们的伪装生效了。"

其中一架无人机投影出吹笛人的形象，剩下两架正用投影让"鲸鱼"的车体不断变化。这是为了应对监控摄像头，虽然不能百分之百

---

1 卡美哈梅哈：夏威夷王国的国王。——译者注

骗过CBMS，但能让它们的搜索范围更大。

CBMS是覆盖首都圈一带的巨型安保AI系统，但实际上它只在城区能发挥出作用。越靠近郊区，监控摄像头的密度和CBMS的据点数、无人机停机坪的密度就越低。从人口密度、犯罪事件的数量和经济上的重要性来看，这也是理所当然的。距离我们逃出CBMS的搜查圈还有四千米。最佳路线已经几乎不再变动，成功率也接近百分之百。接下来这一段如果在银幕上是会被剪掉的。

"说起来，三之濑小弟。你已经决定好要怎么用你那份钱了吗？"

"现在是聊这个的时候吗？"

"我要在越南买套房子。"

五嶋强行继续这个话题，是想让我陪他演电影吧。

"当然，房子要买带泳池的。白天我就搞IT风投，晚上就一个人在私人影院看电影。吃着比萨，喝着年糕红豆汤，谋划下一场恶作剧。你呢？"

"先把钱还给六条……"

我一时语塞。还钱，然后呢？我没有工作，房子已经被拆除，父母也不在世上了。我既没有去处也没有归处，万一真回归社会了，在那里等着我的肯定又是人类社会的各种勾结。说不定今天是我第一次，也是最后一次能心无旁骛地去追求技术世界的机会了。

见我不知该如何回答，五嶋换了个话题。

"算了。看看T电视台吧，有一川老师在的地方就是让人开心。"

的确，节目的氛围很有看头，演播厅里陷入了冷场，仿佛是为了照顾赞助商一川的面子。这也正常，光天化日之下，一辆运钞车逃出了监控网，现在下落不明，对警方来说这是十年来最大的丑闻，对CBMS而言更是绝无仅有。但很难说眼前的光景令人神清气爽，比起胜利的快感，我反而替他感到羞耻。

"正如我所料。"然而，一川露出了灿烂的笑容，"各位听过2015年的将棋电王战吗？那是一场载入强化学习史册的、职业棋手与将棋AI之间的团体战。一开始人们都以为棋手方不可能赢，因为在那之前举行的三场电王战都以AI方胜利告终，AI的胜率一年涨了三倍。但最终职业棋手以三胜两败的成绩取得了胜利。虽然只是暂时的，但人类还是取回了桂冠。各位觉得这是为什么？"

演播厅里有几个人回答，但都没答到点上。

"正确答案就是，他们没有把自己当作与棋手对战的棋手，而是'与AI对战的人类'。有些棋手放弃了正面对决，选择对AI进行彻底研究。结果第一局Selene就因为探索bug而败退，第五局AWAKE也被引入陷阱，仅二十一子就结束了。所以，要想击败不再进化的AI，只需要提前进行千次演练，从一次胜利中找到方法并将其磨炼到极致即可。当然受不可测性影响，随机数和评价函数会有扰动，但本质是不变的。它们绝对达不到灵活地泛用智能那种高度，这就是线下型传统AI无法跨越的技术壁垒。吹笛人让我们再次认识到了这一点。"

这番话要换我来说，大概会被当作是丧家犬的悲鸣吧。但一川的表情充满魄力和自信，让人无法产生这种想法。

"我承认吹笛人技高一筹，他们对抗CBMS的强化学习模型并抓到了AI之眼的破绽。但到此为止了。CBMS是'自我进化型AI'，它不会忘记失败的后悔和屈辱，被'鲸鱼'打破的纪录、让罪犯们逃走的失败都会成为它的食粮。通过分布式异步强化学习，AI能基于过去的失败导出最完美的答案，并反馈到现实当中。这就是进化型AI之所以能够进化的理由。"

"一川老师还真是嘴硬。"

五嶋笑起来，清脆的笑声让我脊背莫名爬上一阵寒意。

"他们消失在了多摩地区深处，对CBMS的战力而言探索范围太大了，我们只能减少战力拉长战线。就算找到他们，我方最多也只有一辆装甲车、十二架载重无人机。但……"

没错，我记得一川这种语调和神情。

"恕我直言，一辆就足够了。"

他在宣布解雇我的时候也是这样的表情。

"……喂，三之濑小弟，你看。"

五嶋轻声说。我顺着他指的方向看去，只见一辆黝黑的装甲车从水田旁的小路处出现。探路AI没有发出警告，也就是说它并未预测到这点。

一川用笔在平板电脑上滑动，对工作人员下指示。

"能赶紧把刚收到的影像播放出来吗？因为信号屏蔽，我接收不到装甲车传回的画面了。"

屏幕上出现的只是普通的乡下田园风景，台风将稻穗吹得东倒西歪。一川对在场眉头紧皱的嘉宾们宣布道。

"保持这个角度，再过三十二秒主角就会登场。"

五嶋喷了一声，按动了掌机的操作杆。"鲸鱼"拐了个大弯转过身，车厢一半都冲进了水田里。同时他用车上的机关枪打坏了装甲车的车轴。"鲸鱼"油门拉满试图甩掉追兵，而装甲车打开了侧面车门，十二架武装无人机和两架菱形无人机从中飞出。就凭这十四架无人机能干什么呢？六秒钟就能把它们歼灭。"鲸鱼"车上的机关枪发出了怒吼，可……

"喂，别开玩笑了。"

五嶋的声音发紧。眼前的光景让人怀疑自己的眼睛。没打中，CBMS无人机的动作与之前完全不同了。它们在风暴中自在地盘旋着，轻易便躲开了射线，将每秒数十发子弹视若无物。"鲸鱼"的瞄准系统都被看透了。

"我甚至想对吹笛人说声谢谢呢。军用车辆在城区战斗的数据可不是那么好拿到的。价值千金啊。"

一川在节目上洋洋得意，我想换个频道，但没空。

武装无人机转守为攻，子弹如狂风骤雨般袭来。随着气球破裂似的"啪"一声，"鲸鱼"车体的微震消失了。是机关枪被破坏了。

下一秒，笑呵呵的吹笛人也消失了。因为失去了迎击手段，带投影仪的无人机被全歼。"鲸鱼"顿时摆脱了五嶋的操纵。我马上启动前挡风玻璃内侧的备用无人机，再次开始投影，但就在这短短一瞬间，败局已定。脚下传来异响，工事无人机攀在了轮胎上。右前轮破了，"鲸鱼"车体猛地一晃，撞到了电线杆上，又打了个滚翻进水田里。我的额头撞上了车窗，胃里翻江倒海。

"结束了。"

一川轻声说。演播厅屏幕上映出满身泥泞的"鲸鱼"。是对面电线杆上的监控摄像头拍下的。

再过三十二秒主角就会登场——正如一川所言。

"……没办法了，还是一川老师道高一丈。"

五嶋扭扭脖子。

"三之濑小弟，给你一个最后的建议。要想踏上好莱坞红毯，就在法庭上坦诚表现出你的后悔。逞强装作云淡风轻的样子是最逊的。"

不管是一川的胜利宣言，还是五嶋的建议，我都是左耳朵进右耳朵出。

比起他们的话，更让我在意的是外面的声音。现在还没听见警车的鸣笛声，装甲车似乎也只有刚才那一辆，附近也没有人。那么，这里就是CBMS无人机和我的舞台，没有其他人来打扰。

我的思维飘到了它们的世界中。这些无人机在不足四十分钟的时间里"进化"到了足以躲开机关枪的地步。它们将观测到的机关枪的动作写入虚拟首都圈，无数次重播被击落的无人机的记忆，算出了攻略法。模型应当没有时间复盘Reward（奖励值）设计，仅凭短短四十分钟模拟，CBMS的自我进化型AI便能不靠人力，完成这么灵活的回避动作……这种事真的可能吗？

"……不，其实是可能的。但正因如此……"

"喂——三之濑小弟，你在听吗？"

"……还没完。五嶋先生，请让备用无人机进入待机状态。"

"我们已经赚到很多电影点了，只需要在监狱里一边润色一边等Offer就好噢。"

"请不要放下控制器，做好随时出发的准备。"

"看看现实吧，三之濑小弟。对连'鲸鱼'都能击败的CBMS大人，赤手空拳能做什么？"

五嶋用教育小孩子的语气试图说服我。身经百战的他和外行不同，知道这时候挣扎只会延长刑期，要是这桩事件能拍成电影以后就吃喝不愁了。

"放心吧，我不会说出对你不利的证言的。"

五嶋说得都对，换作是我也会这么想。我将要做的事是错的，如果是纯粹用统计数据说话的人工智能绝不会做出这种选择。但——

"无所谓。"

"什么？"

"我现在说的是技术，与立场、善恶、损益无关。"

五嶋沉默了一会儿，轻轻举起双手做了个投降的手势："看来我还真是选了个极端的队友。"

我左手捏紧手里的公文包，把汗津津的右手放在车门上。

CBMS无人机的8片扇叶灵巧地转动着。它飞得很稳，对台风视若无物。它的动作可以说是智慧的结晶。根据空气阻力、浮力和几秒之后的预计风向计算出如何转动扇叶才能达到效率最大化……就连苍蝇都能凭本能做到的一连串动作，在AI的计算下也完成了。那是一个不同于人类的、知性的世界，与感情、立场和善恶毫无关系，只凭期待值说话，是纯粹的统计学的智慧。

我想了解"它们"的世界。有朝一日，我也想与它们并肩而行。要是那时我点头同意了一川的话，肯定了自我进化型AI，一定还能在这条路上走下去……但即便如此，我还是没这么做。

这时，有天光洒落。水稻簌簌的响声消失了。我们进入了台风眼。

开始吧。我推开门，缓缓踏出一步，挥起手中的公文包……打向近旁的无人机。骨头被震麻的感觉证实了我的猜想。

"开玩笑吧，打中了？"

五嶋茫然地嘟囔了一声。CBMS无人机一齐暴起开始射击。但本该连行驶中的汽车轮胎也能轻易击中的精准射击此刻却变得迟钝，只堪堪从我腿边擦过。有的无人机没能承受住射击的反作用力而坠落，也有的无人机为了躲开公文包而摔进了泥里，还有的开始同类相残，甚至有的自己摇摇晃晃地掉了下去。

"怎么……怎么回事？是bug吗？发生了什么？开火，飞起来啊，开火！"

从"鲸鱼"的驾驶座处传来一川的悲鸣。但我没有理睬，挥舞着公文包将无人机一架架打落。

要想在无风环境下飞行并不难，我要再重申一遍，就连苍蝇都能凭本能做到。但不能小看这种"本能"，这是生物自诞生以来，花费数亿年时间，积累了庞大数据，通过进化获得的智慧结晶。

AI从一片空白的状态下，仅靠一点点经验顺着智慧的阶梯长驱直入。也正因如此，它们的智慧缺乏统计学意义上的安全性，有时在人类看来显得十分滑稽——就像对抗样本一样，也有缺点。

这就是机器学习研究者最害怕的一种现象——"过拟合"。进化型AI——CBMS所学习的并不是就连军用机关枪也能躲开的泛用型轨迹控制法，只是"能在台风中躲开军用机关枪的方法"罢了。这是它基于一个小时不到的经验精准学习的结果，不过是井底之蛙的智慧。CBMS无人机的算法被优化成对抗强风的最佳状态，代价是忘记了无风状态下该如何飞行。它们舍弃了苍蝇的智慧，退化成连公文包都能将其击落的模样。这既不是学习，也不是进化，只是局部优化而已。

我扔出一块石头，打落了最后一架无人机。我将凄厉尖叫的无人机翻过来，它肚子上刻着再熟悉不过的前公司的标志。

"都说了，要搞自我进化还早得很呢。"

我为它们扭曲的世界默哀了三秒。

6

直到逃离CBMS势力范围的三十分钟后，萦绕的警报声才消失。我们将"鲸鱼"停在荒无人烟的深山里，换下身上的装束。我穿上了脏兮兮的西装，五嶋则换回了他平时穿的夏威夷衬衫。

五嶋从公文包里取出塑料袋，里面塞满了人类的体毛、皮肤、体液和其他关乎DNA信息的样本。他将这些东西撒在驾驶座上，这些都是从东京都内各个车站和网咖的陌生人身上收集来的。

在此期间，我打开了"鲸鱼"的保险柜。这项工作简单得可以一语带过："鲸鱼"的安保系统采用指纹和虹膜识别技术，除了录入信息的人之外谁也打不开，但我用3D打印手套和假眼球轻易便破解了它。这些情报来自水岛银行某支行行长常去的高级会员制夜总会。不论在哪个时代，人类都是最大的漏洞。

覆盖着厚厚装甲的保险柜打开了，出现在我们面前的是现代的黄金屋。除了无数塞满现金的铝箱，还有沉重的验钞机。

我用电钻撬开铝箱，时隔半年终于又见到了万元大钞。在十亿日元的现金面前，五嶋高兴得手舞足蹈，但我并没有给他电影里该有的反应。"成捆的钞票竟然这么硬"——我只能憋出一句。脑子像挨了一锤似的昏昏沉沉，没有真实感。

就在五嶋困守在保险柜里伪造DNA时，一辆蓝色面包车向我们驶来。是六条和他的部下。他们是来检查有没有遗漏的证据，以及回收钞票和我们俩的。

面包车开动了，"鲸鱼"逐渐离我们远去。

"哎呀，虽然我对五嶋先生你还是挺有信心的，但没想到真的能成。"

六条毫不掩饰他的笑容。要是放着不管，他都要开始为五嶋捏肩捶背了。

"是因为我们的工作人员很优秀噢。"

"原来如此，真是辛苦你了，三之濑老师。"

侧腹传来一阵坚硬的触感。或许是因为已经隐隐预料到事态会如此发展，我一下子就明白了这是什么。是手枪。

"你干了比我们的投资额更多的活儿，虐杀影片可以不拍了。"

看来话题还是回到了原点。我会被杀，然后被丢到某个异国他乡。这样既能封口，六条也能多拿一份，真是一箭双雕的主意。六条的眼神十分冷酷，我都怀疑能用对抗样本骗过他了，但这里也没有投影仪。

坐在副驾驶座上的五嶋不以为意，他的墨镜镜片上倒映出湿淋淋的树木。五嶋从一开始就知道会是这样一个结果。

"现在该大叫一声'你这叛徒！'噢，三之濑小弟。"

我摇摇头，无数恶言哽在喉头，但只有叛徒这两个字我是不会说的。因为说出这句台词，就意味着我承认自己是他们的同伴了。意味着我承认自己因能沉浸在不受束缚的技术研究中而感到欣喜，因得到肯定而心怀感谢。我不过是六条借给五嶋的道具之一，道具保持道具的样子就好了，要是我配合表演这出廉价的人性戏码，五嶋的电影就完成了。

"原来如此。"墨镜背后的那双眼睛紧盯着我，"六条小弟。我要用我那份钱买下三之濑小弟的命。"

六条眨了眨眼睛。这是当然的，就连我这个当事者也不禁怀疑自己的耳朵。明明刚才五嶋还在跟我聊该怎么用这份钱呢。

"从租赁合同转为购置合同，这样的事也不少吧？"

好一阵子，六条像打开了一千个网页的浏览器一样僵住了。

"可……可是，万一这家伙去跟条子告密怎么办？"

"我会负责监视他的。你都赚得饱饱的了，这点小事就答应我吧。"

"呃，毕竟之后也要劳烦五嶋先生你照顾，要是能帮我们擦屁股，还能拿到钱我也没意见……但，但是……你脑子没问题吧？"

"脑子没问题的人会去抢劫运钞车吗？"

就这样，我在某个小城得到了释放。当然，是以五嶋的监视为条件。

公园里十分冷清，我坐在长凳上，呆呆望着零星经过的车辆。我捡回了一条命，也挫了一川的锐气。我用自己的技术击败了CBMS。

说实话，我很高兴。

被通缉虽然糟糕，但比起自己的器官被拿来交易，已经是不幸中的万幸了。即便如此，我的内心还是沉甸甸的。自己只是被牵连进来而已，不想当罪犯……我没出息地发了许多牢骚，但说到底，只是在懊悔自己输了而已。

"我说过的，背叛是最廉价的转折。"

五嶋递来一瓶从自动售货机里拿出的年糕红豆汤，我挥开了他的手。真是个彻头彻尾看不懂的人物。虽然工作上配合默契，但性格上我是真的和他合不来。为什么他不惜放弃自己的那份钱也要救我呢？那可是能改变人生的一笔钱。

"抱歉，三之濑小弟，就算你用那种眼神看我，我也没法回应你的。"

我只知道一点，那就是问也问不出个所以然来。

"接下来我们干点什么？回到地下据点，一边看电影一边举杯庆祝？"

"三之濑小弟，你在说什么呢。举杯庆祝这种事只能在工作结束之后做。"

结束之后？我有些怀疑自己的耳朵。一切都已经结束了，现在喊破喉咙钱也不会回来，六条也已经喜上眉梢。

五嶋坐到我身旁，把拳头一伸。

"喂，看这个。"

他摊开手,掌心里放着一颗钻石。钻石晶莹剔透,反射着马路上的灯光……我不擅长文绉绉的表达,总之是一个立体多角形。仔细一看,上面好像还有些刮痕,我看不出它的价值。

"这是和现金一起装在运钞车里的,从大小来看,价值不会低于四百万日元。"

四百万,换作是以前,我一定会一跃而起,不胜感激,但现在总觉得没有那么吸引人了。

"你有两个选择,是要收下这颗钻石举杯庆祝,开启新人生,还是赌上它继续当吹笛人呢?"

"你说继续?那怎么可能?"

"可能的。要夺回这笔钱的话,我有一个作战计划。"

我注视着五嶋的眼睛。墨镜背后的那双眼睛里蕴含着少年般的热情……也不知道有没有吧。但和他结伴,或许今后也不会无聊。从统计学角度来说概率并不高,但我有这样的预感。我下定了决心。

"你想听对吧?"

"我不想。又是危险又是犯罪的。"

我接过钻石。五嶋盯着自己的手看了一会儿,发现气氛确实凝重,他拿开墨镜揉了揉眼睛,再次看向自己的手。

"三之濑小弟,有没有人说过你没有眼力见儿?"

"说过三四次吧,被每个人。"

"嗯……啊,这样。噢……话说,我刚才丢了上亿的钱呢。"

"多谢了。那,我要去找家胶囊酒店了,麻烦你按约定监视我。"

我对五嶋点点头,打开手机搜索附近的车站在哪儿。看样子,半径五千米内能住的只有一家商务酒店,我手头的钱不多,还是住网咖比较好。

"话说三之濑小弟,你打算用什么路子把赃物出手?"

我抬起头,看着五嶋的眼睛。那双墨镜背后的眼睛里透出中年人特有的讨人厌的神色。看来只要和他在一块儿,我是不可能过上安稳日子的。从统计学角度来说概率并不高,但我有这样的预感。

"今后也请多指教,三之濑小弟。"

"彼此彼此,五嶋先生。"

紧握的双手标志着吹笛人团伙的再度集结。以及,我因为握力落于下风,手指被勒得生疼。

ACT Ⅱ
叛徒马戏团

Tonkotsu Takers
Slave Snake

0

我想聊聊Sunny的故事，因为这是我的原点。

Sunny是一部儿童动画片里的角色。在我上小学之前，每周日早上九点电视台就会播放这部动画片。Sunny是一个不可思议的机器人，总是用不可思议的道具帮助路人弱志君……这么说来，倒像是某部国民级长寿作品的山寨版。

故事梗概也大差不差，每当弱志君在学校被同学相田欺负，他就会哭着去找Sunny，用不可思议的道具解决问题。

尽管这部作品含有些许歧视内容，但用轻快的笔触描绘出人工智能悲哀的故事也受到了部分观众的喜爱，至今仍然拥有狂热粉丝。

其中，特别是第29话值得拿出来说道一番。故事里，弱志君像往常一样在学校被欺负，像往常一样哭着去找Sunny，但这一次Sunny却没有拿出什么不可思议的道具，而是求助了班主任，试图通过重新分班来解决问题。在那之后，爱欺负人的相田同学不再登场，从第三十话起再也听不到他五音不全的歌声了。

纯粹的、合理的、统计学视角的智慧——只要有了它，就不需要不可思议的道具了。在那一刻Sunny证明了这一点。

言归正传，Sunny是弱志君的朋友，也是支持着他的人，是英雄，也是他的监护人。对当时的我而言，Sunny也是唯一的朋友。

……也就是说，我没有朋友。

有一天，父亲这么对我说。

"你又跟隔壁的雅人小朋友吵架了？"

父母两人都责骂了我，他们的责骂是有分工的，母亲负责提醒，父亲负责教导。当父亲开始对我说教时，就证明这是一个严重的问题。

"是他先惹我的。"

"那是因为你说'干布战队摩擦者'很无聊对吧？"

"比Sunny无聊。"

我自信满满地断言。哪怕是过了三十年的现在，我也这么想。

"跟你说过多少次了，不能说一些讨人厌的话。"

说是说过，可那又怎么样呢？别人讨不讨厌，不说我怎么知道？我越想越气，这时父亲说。

"那，这么说吧，如果爸爸说Sunny很土很逊，你会怎么想？"

"我会对爸爸感到失望。"

"这样啊，失望吗？爸爸我……"

父亲挠了挠脸颊，看起来有些为难。他松松领带，喝了一口冰过的麦茶接着说。

"嗯，不过，你感到失望或许是对的。世界上没人能跟所有人搞好关系，爸爸也一样。这是没办法的事。处不来的人尽量避开就好，雅人小朋友也一样。"

没办法就算了，这么想着我打算起身，但父亲摁住了我的脑袋。

"我还没说完呢。听好了，虽然不需要和每个人处好关系，但也不能没有朋友。"

"为什么？"

"以心传心……这么说有点难懂吧。有一个心有灵犀的人在，从表情就能读懂他的想法，活着的乐趣会多许多。"

活着的乐趣——我第一次听到这个概念。对当时的我而言，乐趣就是看动画和用砖头做机器人，从未思考过活着这件事还能有乐趣。

"这样会很快乐吗？"

"没错，很快乐的。爸爸身边有妈妈在，你也得去结交心灵相通的朋友，一个也行。"

"心灵相通的朋友"，我在口中无数次反刍着这句话，感觉就像从秘密橱柜里偷偷得到了一颗大人的糖果。

可是，谁才能和我心灵相通呢？雅人不行，他只是个挥舞干布的笨蛋。幼儿园的老师也不行，同组的小朋友也不行，那些异口同声地说"别干惹人厌的事""替对方考虑考虑"之类的人都不行。我又看不到其他人的心，要怎么找到那个人呢？

小小的我得出了一个结论，那就是回到原点。

"Sunny也可以当我心灵相通的朋友吗？"

"很遗憾，Sunny不行。他是动画片里的角色，还是个机器人。真正懂Sunny的只有发明他的博士，所以……"

"那——"

我打断了父亲的话，说出了自己的决定。

"我来做一个Sunny。"

自吹笛人事件以来过了大约两个星期。新闻报道已经逐渐归于沉寂，而我们还是谜团重重、神秘莫测的运钞车诱拐犯。新闻评论员们一边对一川大加批判，一边想象着我们对着抢到的十亿日元哈哈大笑的模样。

有人说，吹笛人带着自己的情人远走高飞去了菲律宾；也有人说，他们因为内斗而两败俱伤；还有人说，他们被暗中灭口了；种种。

正确答案是——

"这边的里美小妹妹是照明技师。听她说最近付LED照明费，连聚光灯落下那一瞬间的颜色都得按每毫秒的分镜数来计算呢。"

圆桌对面，散发着宿醉酒气的五嶋洋洋得意地向我炫耀着一张与美女的合照。

这里是位于博多郊外的一栋民房，也是五嶋的秘密据点之一。房子有两层，还带一个小庭院，看上去就是一户普普通通的人家。内部装潢也与普通房子无异。要说哪里不普通，那就是两名住户属于正在逃亡的运钞车劫犯。

"上周那位女士不也是负责照明的吗？"

"因为我喜欢懂表演的女人，也喜欢她们化妆后的样子。每次和这样的女人相处的第二天，我都会装作睡着的样子看看她们的素颜。"

众所周知，博多是日本的知名旅游区，栉田神社、大濠公园、福冈玛丽诺亚城、天神地下街、福冈巨蛋、海洋世界水族馆、博多运河城、福冈塔——还有声名在外的"那个"都在这里，当然也少不了当地特产，豚骨拉面、辛子明太子、牛肠火锅、鸡肉汆锅，还有其他各种海鲜料理……

五嶋把这些地方都玩了个遍——还带着女人。但他带回来给我的却只有四台游戏机、奇怪的年糕红豆汤罐头、平平无奇的外卖豚骨汤和像参加完保送面试的高中生一样瘫软的细面。起码给我来点绿色吧。

"别一脸不开心嘛。来，给你明太子。"

五嶋想给我夹一筷子放在圆盘上的辛子明太子，我摆摆手拒绝了。

"怎么啦，三之濑小弟，你不爱吃明太子？"

"五嶋先生你只是偶尔吃明太子吧？我不一样，前几天吃的是辛子明太子、辛子明太子、普通的明太子然后又是辛子明太子。"

"感觉会被鳕鱼的怨灵诅咒啊。"

五嶋说得事不关己，但在来的第一天就买了够吃两个月的特产明太子的就是他自己。我不由得想开口抱怨，话到嘴边又咽了回去。现在不是做这种事的时候。

我看了看手机里的聊天记录,再次确认自己制定的作战计划。

YMO> 明白了吗?三之濑。首先要向对方表达自己的感谢之情,让他放下心防,营造出友好的氛围。

我> 好的。

YMO> 人类是会察言观色的生物,让对方产生不愿破坏当下气氛的想法,你就赢了。只要不着痕迹地表达你的要求,对方就会自己将它放在心上。

我> 学到了。

YMO> 这种事,顺势而为比理论更重要。别管你那套精细的理论了。

我> 非常感谢,八云小姐。我也没什么能问的人,真是帮大忙了。

YMO> 一鼓作气拿下他吧!

YMO> 顺便一说,你们为什么要住一块儿?对方是做什么的?

综上,刚刚那个问题的答案是"正在和前同事商量如何改善与共犯的生活方式"。为猜对的人鼓掌。

我简单罗列一下五嶋过去一周的生活,供各位参考。首先,早上当我有事找五嶋商量时,很遗憾他不在,因为他通常在下午两点起床。起床后,宿醉的五嶋会马上到厕所呕吐,冲个澡,然后面不改色地吃掉我准备做给自己吃的中华冷面，丢下一句：

"芝麻酱虽然也不错，但我还是酱油派。"

我无视五嶋关于扔垃圾、做午饭和给院子里的树木捉虫的提议，穿上洗好的衬衫和西服出了门。在那之后会度过十个小时左右的宁静时光，运气好的话还能接到五嶋告知自己将和小里美过夜的电话，把这段幸运时光延续到第二天。运气不好的话五嶋就会喝得醉醺醺地回家，一边喝红豆年糕汤一边打开音响看电影到天亮。说实话，他软禁我那段时间都比现在更客气些。总觉得我虽然得到了使用手机的自由，却付出了沉重的代价。

正因如此，我希望在八云的帮助下找到破局之策。虽然不擅长与人交涉，但要能摆脱现在的痛苦我也愿意。

所以，我先是表达感谢之情。

我深呼吸了一下，用尽可能温柔的语气开口。

"平日里我一直很感谢五嶋先生您。"

"你有什么要求？"

作战失败。我放弃挣扎，开诚布公地说：

"我不会阻止你深夜看电影，但深夜开音响就饶了我吧。枕头里的聚酯纤维都在共振了。"

"我知道你要说什么，三之濑小弟。"

虽然这么说有些经验主义，但"我知道你要说什么"这句话通常意味着"我才不管你的意见呢"。

"但是啊，电影本来不就是该在电影院里看的吗？但那些已经下映的影片就看不了了，我们起码也应该创造出类似的环境，去领略导演的想法。所以我准备了投影仪、最高画质的影碟和12.1CH音响让自己沉浸到电影中。音响代表了我赎罪的心情。"

"五嶋先生，你首先应该向睡眠不足的我和枕头里的聚酯纤维，还有我枕边鳕鱼的怨灵赎罪。还有院子里那些长了虫却没人管的树。"

"按顺序说的话第一个不应该是银行吗？我们可是抢了钱啊。"

"你说的……倒也没错。"

他说得很对，令人无法反驳。虽然说得对，但这不是重点。每次都是这样，无论我表达什么样的不满，总会不知不觉间被糊弄过去。还是我的嘴太笨了，敌不过五嶋这个老姜。

"说到底，六条先生真的会来博多吗？"

"说了多少次了，他一定会来。"

五嶋自信满满地断言道。我可忘不了他上次也是这样胸有成竹地给那颗钻石估价百万的。

当时五嶋得意扬扬地带回了那颗钻石，但当他将钻石带到认识的宝石商人那里，对方却给了个惨不忍睹的估价，还说"就连暴发户老板的老婆也不会被骗到""你眼睛瞎了吗""这是对天然宝石的侮辱""向地球的压力和二十亿年历史谢罪"云云。捏着卖不出去的钻石回来时，五嶋的表情就像一只睡眠不足的流浪狗一样。

或许是读出了我目光中的含义，五嶋叹了口气。

"六条是为了还清自己欠四郎丸的债款而来的。"

说着，他操作平板电脑，打开了两张偷拍照。

画面上是一名身穿黑衣的壮年男子，白发剪得短短的，皮肤晒得有些发黑。他胸膛宽厚，站姿威风凛凛，强壮得不像这个年纪该有的样子。右边脸颊被旧伤拉扯，只有伤痕的部分是光滑的。

还是一副饱经风霜的九州男儿的模样，除了他那爬虫动物一般的眼神。

这个人就是被称作"博多黑幕"的四郎丸。据五嶋所言，六条向四郎丸借了一大笔钱，因此他要在这里将从我们这拿走的流水中分出七亿日元还给四郎丸。之前组织资金流出现问题，急于让我还钱似乎也是因为这个。

"可他会特意到九州黑帮的领地来还债吗？"

"会的。那笔钱来路不明、数额巨大，不可能进行汇款。"

"也可能是四郎丸这边派人去取呀？"

你真是不懂，五嶋摇摇头，打开平板给我看博多地图。

"你看看，花丸金融、丝桥保洁、NICOWARA化学、鲛田工务店、坂本运输、内藤电器、丸本超市，还有其他一切店铺，有营业执照的赌场、Central Bay博多，这些全都是四郎丸的囊中之物。"

"真是全方位经营啊。"

"嗯，你知道这意味着什么吗，三之濑小弟？"

"呃……组织运营很稳定之类的？"

"这意味着，不管是找人、查人，让什么人消失……他都能自己解决。"

我吓得浑身瘫软。

"并且……"

五嶋像演员般屏息，绷起脸，吐出演员般的台词。

"那家伙还雇用了名叫'海蛇'的灭口专家。"

"灭口"，这个没有半点真实感的词让我险些笑出来。真的有这样的职业吗？莫非他靠毒蛇进行暗杀？

"这可不是什么好笑的事。那家伙据说能引发AI的'例外'。"

这下我真的笑出来了。

"这要是真的，他现在已经统治世界了吧？天底下可没有免费的午餐。"

"……午餐？"

"No-free-lunch定理，这个定理否定了万能算法的存在。因为AI的精度和泛用型不可兼得，所以无论是多么优秀的AI，都不可能对世界上所有问题给出满分答案。"

要想答上所有问题，答案的精度便会下降，而如果专攻一处，则无法回答其他问题，即所谓的"世界上没有免费的午餐"。

"所以所有的AI都有'例外'。"

"就像之前你击落CBMS的无人机一样？"

"极端地说,是的。只要No-free-lunch定理存在,引发'例外'的技术就是天方夜谭。"

正因为例外无法被制造出来,它才能成为AI的天敌。要是有人能做到,真想请他写篇论文呢。

"可能有些夸张的宣传成分在,但他真的做到了。因为这家伙的存在,近期不断扩张势力的那群操纵无人机的墨西哥黑手党消失得无影无踪。"

那只是因为动用了武力吧?再怎么说,这个过度宣传就暴露了他水平有限,完全是个外行。

"总之,考虑到实力差距,六条会亲自来献上债款的。我们只需要从他手里把东西抢过来就行,像秃鹰一样。"

"这样做我们不会被'海蛇'盯上吗?"

"所以这次我们不能太高调。要从暗地里把那些上不了台面的钱抢走,用智慧的方式。"

在抢劫运钞车时五嶋也说过智慧之类的话,结果最后还是变成了枪战和白刃战。

"但愿这次不需要我挥舞公文包。"

"好啦,别这么紧张。你不必担心,我已经想出了一个让观众不会厌倦的作战方案,搭档也有表现的机会。"

"搭档?你还有其他同伙吗?"

五嶋将红豆汤凑近嘴边，一口气喝了个精光。然后他像E.T.[1]一般睁开眼，伸出一只食指。我花了近十秒才反应过来他不是在模仿E.T.的姿势。

"啊，难道你是在说我？"

"喂，我们一起打败了CBMS对吧？一起沐浴过枪林弹雨对吧？"

"对，在你的胁迫下。"

"我还花了一大笔钱为你赶走了六条对吧？"

"这件事我还得多谢你。"

"现在我们俩已经认可了对方噢。"

我很感谢五嶋，也铭记他的恩情。五嶋虽然曾经软禁过我，但并没有伤害我。他还两次救过我的命，但恩情和信赖的相关系数并没有很高吧？

"我是你的救命恩人，英俊潇洒，富有幽默感。在电影里我就是瑞恩·高斯林的角色，或者是《搏击俱乐部》里的布拉德·皮特，你对我有什么不满？"

"非要说的话，可能是大晚上用音响播放电影吧。"

五嶋摸了摸颊边的短胡茬，泄愤似的把年糕红豆汤的罐子丢向垃圾桶，可惜丢偏了，两颗红豆滚落在地。

"以后半夜两点半我就关掉。怎么样？"

---

1 美国的史蒂文·斯皮尔伯格在1982年导演的一部科幻电影中的外星人的名字——译者注

"一点。"

"那就两点吧。"

"一点。"

"一点半,我不会再让步了。"

"一点。"

"……败给你了,真是个强硬的家伙。行,我跟你约好,一点以后我看电影就不开低音炮了。"

五嶋像签订条约般向我伸出手。太好了,第一次和他交涉成功,这样一来夜晚的睡眠质量也有了一点保证,我的聚酯枕芯应该也会满意吧。我握住那只比看上去更柔软的手,说道:

"那就约好了十二点。"

我的手被挥开了。

"伙伴关系无效。"

五嶋站起身,捡起罐头和一颗红豆(其实地上还有一颗,但他好像没注意到),统统丢到同一个垃圾桶里。

接着他打开衣柜,丢来一件西服。

"借你的。要是搭档我就送他了,但这件是借的。"

"什么?"

"要工作了,三之濑小弟。不是搭档的话可不能每天吃白饭,这就是No-free-lunch定理。"

"这可不是……但为什么要给我西服呢?"

"说到博多和西服,你没嗅到金钱的味道吗?"

见我无言以对,五嶋无语地摇摇头。

"去赌场啊。"

1

博多的赌场历史虽然短,制式却很复古。

如今中国澳门随着电子货币的普及,监管更加严格,也更干净,拉斯维加斯则发展了很多娱乐相关的衍生产业。与这两个城市相比,博多仍以"现金换筹码"这种纯粹的赌场感为卖点。反过来说就是以电子货币普及落后和不健全为荣,并不值得夸奖。

当初日本政府制定赌场法时也曾考虑过这个问题,并为博多赌城专门配置了区别于一般县警的警署,用来监视客人或运营方是不是有不当行为。

为对抗不断发展的智能犯罪,赌场警察们通过产学合作,逐步引进了先进的网络技术,优化警备体制。其中特别有名的要数两年前导入的……

"个人认证筹码吗?"

"请投入硬币。"

我的眼前是一个小型老虎机,和饮水机差不多大,上面带有摇杆、屏幕和监控摄像头。它不是固定在地面上的,而是带着两个轮子,可以自行移动。这个迷你老虎机在整个赌场里徘徊,看到有空的客人就上前搭话让他们玩，像个自动贩卖机。

将手放在迷你老虎机上，屏幕左上方的红框里便映出了我的脸和储值金额。

"请投入硬币。"

从它的催促中可以看出，我尚未投入硬币，也没有插卡，只是在所有赌场通用的柜台进行了充值。那么为什么屏幕上会显示储值金额呢？因为个人认证筹码根据我的面部信息拉取了充值数据。

正如它的名字所示，个人认证筹码有一套将筹码与顾客一一对应的系统。引入这套系统的目的主要是防止私下交易和盗窃筹码。

现在博多共有十七家赌场，个人认证筹码都是通用的。

通过这些通用筹码，博多整体可以说成了一座巨大的赌城，这也是它的卖点之一。一般只会设在赌场入口的柜台，在博多连港口都有，甚至还是规模最大的一个。也就是说实现了"入境—兑换货币—开赌"的一条龙服务。乘坐豪华客轮从亚洲、中东而来的富豪们在港口便开始挥金如土了。

筹码和顾客之间通过图片识别技术实现连接。场内有约六千个监控摄像头、警卫无人机、警察和保安的手持摄像机，它们拍下的影像被上传到赌场警察管理的中央服务器，将顾客的容貌ID与电子筹码进行一一对应。

"请投入硬币。"

我轻轻将左手伸向迷你老虎机屏幕上显示的投币口。

屏幕上出现了一只和我的手一模一样的手。不一样的是，那只手上放着一枚黄色的筹码。是AR（增强现实）技术。我试着用右手去抓那枚筹码，筹码跟着手指的动作动了起来。旋转、弹动……它的反应非常自然，就像那里真的有一枚筹码一样。

也就是说他们在这个干扰重重、照明条件极差的赌场里，竟然能做到实时的、精确到指关节程度的3D定位。随着Kinect（体感设备）的普及，精确到人体关节的定位曾经是一个大问题。或许是在那之后伴随着VR大潮，指关节相关的开源数据也有所增加吧。真是令人感叹。

"请投入硬币。"

"你倒是投啊。"

背后传来五嶋不耐烦的声音。

"抱歉，有点儿走神了。再等一小会儿。"

"你刚才也是这么说的，已经过去十分钟了噢。三之濑小弟嘴里的'一小会儿'到底是几个小时啊？"

"'一小会儿'减去十分钟还等于'一小会儿'的话，这个实数不就没法定义了。"

"说重点。"

五嶋一句话就把我的意见驳回了。

"把头抬起来吧。我们现在可是来到了日本唯一的赌城。"

我依言抬起头。闪烁的霓虹灯组成富士山的图样，将地面照得青白一片。一个佞武多祭典[1]风的大入道[2]气球正从空中俯视着我们。时而有莫名其妙的烟花在莫名其妙的时间点绽放。看来虽然是日本风,但和九州地区并没有多大关系。

赌场里有不少人。除了身着正装的普通男女和穿裙子的女性之外,还有像日本舞伎般身着和服穿行的女人、涂着金箔在舞台上跳机械舞的男人,以及吆喝着卖蛤蟆油的商贩。当然,祭典少不了醉汉,他们一边大喊大叫,一边说着些少儿不宜的内容。这里的人种也各种各样,日本人只占其中的两三成。就算是若本胃药在这里打广告,我也丝毫不觉得奇怪。

"街头表演,还有玩擦边cosplay的大姐姐,这里真是到处都养眼啊。"

"确实。"

说实话,我并不讨厌这种赛博日本式的氛围,甚至有点喜欢。虽然这么说有点讽刺,但布置一切的仿佛并不是日本人,而是来自拉斯维加斯的老板。总之我很喜欢。

"那你为什么在和一个不能用的老虎机大眼瞪小眼?"

"抱歉,一不小心就……"

---

1 佞武多祭典:又称青森睡魔节,每年8月份日本青森市都要举办"睡魔节"(the Nebuta Festival)活动,这可追溯至公元8世纪,主要活动是彩车和彩灯巡游。——译者注

2 大入道:日本传说妖怪,相传这种妖怪的体型照比常人高出一截,通常以男性模样现身。——译者注

"请投入硬币。"

"你看，迷你老虎机也会伤心的。"

说什么蠢话，我对他的话一笑置之。悲伤之类的情绪要是能这么轻易写进程序，大家就不需要在这里苦苦研究了。

这一次我抓起虚拟硬币，试着将一半硬币插入投币口。硬币没有掉下去，因为我用手指夹住了它。

接下来我轻轻松开手指，在硬币快要落下的瞬间又试着去抓它。但这次虚拟硬币从我指间滑落，掉进了迷你老虎机。应该是从它进入投币口那一瞬间起系统就切断了接触判定。

要实现"将即将落入老虎机的硬币抓住"这么精细的动作，需要精确到百分之一秒的实时处理，因此无法保证精度稳定。如果手指的定位坐标出错，加速度预测失败，虚拟硬币可能会像子弹一样飞走。

迷你老虎机如鱼得水般开始发光了。它奏响了激昂的BGM，以令人目眩的速度旋转起来。

"请拉动摇杆。"

"我会给你加油的，看准了啊。"

五嶋似乎很喜欢这种孤注一掷的戏码。见他探出身子盯着老虎机，我让了开去。

"请吧。"

"啊？"

"我讨厌赌博，这是一种舍弃均衡，选择分散的行为。"

五嶋深深吐了口气，他应该很感激我吧。

"我是绝对不会和三之濑小弟你一起去度假的。"

我们花三千日元租了一辆观光用小车，它会载我们绕赌城一周，对当地的看点进行介绍。虽然速度很慢，但也算是自动驾驶的交通工具了。现在除了部分特种车辆，日本还不允许完全自动驾驶的汽车上路，但这里不是国道，好像也不违法。

小车避开醉汉的动作很有趣，对赌城的解说却平平无奇。不过是按经过赌博区的十七家赌场和酒店的顺序，讲述剧场节目档期、东西文化融合云云，强调赌场是为当地作贡献且健全的娱乐设施而已。

这要是在拉斯维加斯，一定少不了电影、事件、名人轶事的介绍吧。但博多的赌博业创业还不满十年，没什么值得夸耀的历史。

"啊，请看那个，五嶋先生。那是无人机用的无线充电塔。无人机利用充电塔发出的定向电波进行充电。"

"别光盯着上面看，专心点，三之濑小弟。"

五嶋将腿搭在空空的驾驶座上，开始给我上课。

"首先我们得记住这里的建筑分布和道路。要体会各个地方的氛围，做到不需要录像就能在脑子里播放的程度。"

一开始的要求就这么高。

"接下来，要找出不同寻常的地方。比如说……对了，就像对面正在举办期间限定老爷车复制品博览会的IF酒店一样。不同寻常之处往往容易成为突破点。虽说三流的罪犯才会回到犯罪现场,但不去犯罪现场的罪犯更差劲。踩点可是小偷的必修课。"

道理我都懂,但这句话令人难受。感觉犯罪这个词真切地压在了我身上。

这时小车刚好经过赌场警署。只要是在赌场区域内,报警后仅需四十秒,就会有全副武装的赌场警察兵分两路,带着两打武装无人机前来——而且还开着装甲车。对于没有了"鲸鱼"的我们而言,是科幻电影也跨越不了的战力差距。

"六条真的会来这种地方还钱吗?"

要还钱的话,为什么不去更合适的地方呢?比如昏暗的仓库街之类的。

"他会的。毕竟这里可是四郎丸的脚下啊。"

小车在一棵大松树旁边拐了个弯,我们眼前出现了一座金山。这个赌场就像从拉斯维加斯搬过来的一样,四面铺张地装设着巨型喷泉,和其他赌场相比更加豪华,仿佛在彰显着自己博多之王的地位。

"我们右手边的就是'Central Bay博多',是博多十七家赌场中最大的一家。高峰时段营业额甚至可以和澳门的赌场度假村'新濠天地'相匹敌。"

小车进行着解说,五嶋补充道:

"这家赌场的主人就是四郎丸,那家伙熟知博多所有赌场的内部构造,也有很多门路。另外,赌场除了回收借款之外还有其他用处。"

用处——被强迫看了好几天犯罪电影的我马上联想到了。

"是洗钱吗?"

"没错。自古以来,赌场就是洗钱的王道场所,常用的方法大致有两类:一是'顾客直接交易筹码'。手拿赃款的男人将现金换成筹码后小赌一把便离开,暗地里将筹码交给同伙换回现金。在旁人看来,不过是一人惨败,一人大胜罢了。也就是说,因果关系就此中断。"

真是简单得荒唐的方法。但的确,这样一来无论运气好坏都能切实地完成洗钱,因为筹码和现金的兑换比例是固定的,相当于没有中间商赚差价。是非常理想的洗钱手法。

"那些最有效率的方法常常出人意料地简单。"五嶋如是说,"但这个方法对赌场经营方而言没有任何好处,所以也容易被防范。'个人认证筹码'就是一个典型的例子。所以六条选择了另一个方法。"

"什么方法?"

"'通过游戏交换筹码'的方法。老式的做法大多是与荷官暗中勾结出老千,但他们的伎俩更高效。"

"因为赌场是自家开的?"

"不,除了贵宾,四郎丸不会在自己店里洗钱。那家伙会到其他赌场的VIP客房里开一局扑克。六条则戴着微型麦克风,遵照四郎丸的指示行动。因为是客人之间的赌局,荷官不能要求分红,六条输掉的那些钱会巧妙地流转到各个赌场，让溯源变得困难，最后在四郎丸的赌场里被消费掉。"

某种意义上说就像虚拟货币的"混币"一样。虽然博多是四郎丸的天下，但他丝毫没有放松警惕，巧妙地隐匿着自己的行踪。看来小心谨慎是作为幕后黑手的重要素养。

"赌局结果只在服务器里保存一周，过了这个时间，那笔钱就会完全改头换面了。六条迄今为止用了三次这个手段将资金转移到四郎丸名下，这次应该也一样。"

我在被说服的同时，也感到安心。这样谨慎的做法体现了对方的理性，如果是按常理出牌的对手，我们就能按常理找出他的破绽。正如五嶋所预测的，在洗钱途中资金被盗的话，对方也没法报警。但可能会委托那位"灭口专家"也说不定。

"你调查得可真清楚啊。"

"我可是'007流'社交黑客。三之濑小弟，你如果找情人可要把人数控制在'年收入除以两千万'以下哦。"

一些对人生毫无参考价值的发言。

"总结一下就是，我们要想从六条那里把钱偷回来，必须先切断他和筹码之间的联系。而他们的联系建立在六千个摄像头和AI的基础之上，非常强大。"

"而且还得瞒过所有人的眼睛。"

"的确。那，说到作战……"

我刚要开口，五嶋就伸出右手制止了我——这是"我来总结陈词，别说话"的意思。

"该是对抗样本出场的时候了。"

五嶋说着，在平板电脑上调出一张平面图。

这是博多十七家赌场之一，博多大饭店二楼的内部平面图。除了轮盘、老虎机、吧台的位置和VIP出入口以外，就连监控摄像头的位置和型号、厂商等细节也记录在内。

"进赌场后，六条也不会径直去往贵宾室的。他会先花三十分钟在吧台喝酒，等待四郎丸的指示。这段时间我们有机可乘。"

他指了指吧台入口附近。

"那里有个监控盲区，我们在六条进店后，用对抗样本将他和你的个人认证筹码进行替换。六条要进贵宾室时就会发现自己失去了身份，在那之前我们去收银处把筹码换回现金逃跑。真是流畅、敏捷又智能的作战。你有什么问题吗？"

我低着头沉默了一会儿，在脑中重新定义问题并思考解法，明确系统的输入和输出，目的函数是什么？该对什么进行微分？接下来，思考数据的变异、能获得的数据量级和硬件结构。

"我有四个问题。如果这里真的是四郎丸的天下，我们会不会已经被发现了？"

"那不会。个人认证筹码的数据只面向赌场警察公开。四郎丸能看到的，只有他手下大牟田警卫的摄像头罢了。"

"原来如此。"

"本来，博多赌城的数据是要交给拉斯维加斯的总管来'保护'的。但以芝村议员为中心的超党派议员联盟为了将博多当作产学联合项目的AI物联网实验都市，修改了条例。会动的老虎机好像也是拜此所赐。"

说到拉斯维加斯的总管，应该与搜索巨头G公司也有牵扯。赌场是消费活动和异常行动数据的宝库，这些数据说不定比赌场本身的利润更有价值。

回想起来，我还在公司上班时曾多次在一川口中听到芝村议员的名字。他虽然爱夸海口，但也会脚踏实地地去收集数据。

"那么，下一个问题。为什么你觉得他会来博多大饭店呢？"

"要想用动过手脚的扑克牌洗钱，只能挑警备薄弱的地方。十七家赌场中对贵宾室检查不严格的有四家，四家中又有两家以前曾用于洗钱。而我最终选了这个地方是因为……"五嶋竖起一根手指，"我查到了他预约的酒店信息。"

那你倒是一开始就说啊。

"对抗样本的投影该怎么弄？你不会打算把带摄像机和投影仪的无人机带到他们打牌的赌场里吧。"

"负责舞台灯光的小里美撞见过同事坂田主任出轨，而且对象还是黑社会大哥的老婆。"

也就是说通过威胁对方，在演出用投影仪里做了手脚，就像詹姆斯·邦德一样。但我的疑问还没有完全解决。

"就算能骗过个人认证筹码系统，收银台还是会有人吧。我们换钱的时候不会暴露吗？"

"会。所以，三之濑小弟你从今天起要学学怎么挺起肩膀走路了。"

"你说什么？"

"不是'你说什么'，而是'你跟老子说什么'。"

"……你说什么？"

"一般人只会记住对方的大致特征，身高、发型、颜色、氛围等。只要配合这些特征再得到机器背书，三之濑小弟随时可以变成六条。"

言下之意似乎是让我乔装打扮。的确，要想装成六条，五嶋的个子太高了。我幼儿园时也曾参加过话剧表演，不幸在试镜树木一角时落选，所以有些担心自己能不能胜任，但也没有其他办法了。

"OK，这样你的前三个问题都解决了。最后的问题是什么？"

我的问题很简单，内容也很朴素。

"制作对抗样本的素材不够。"

请各位回忆一下，要想制作对抗样本，需要获得欺骗对象的神经网络情报。

抢劫运钞车时，五嶋从海外朋友那里拿到了"鲸鱼"的算法模型。武装无人机的模型虽然没能获得，但当时我们预先用城里的武装无人机进行了干扰演习，并根据潜在变量进行了优化。

包含个人认证筹码在内，博多赌场的系统与CBMS相比规模小得多，密度却高得多。一个监控摄像头前有许多人在盯着，要是做出什么可疑行为，马上会被加入危险人物名单里。

"那就要用那个法子了。我们去偷，安田小弟。"

"安田？"

五嶋突然叫错名字，我有些困惑。要说是因为我没把他当成搭档而在讽刺我，那也过去太久了。

正当我犹豫该怎么回复时，面前塞来一张名片，上面写着：

河内高科技安保 日本分公司信息技术部　主管　安田智昭

2

这里是Global Tech公司主办的"博多AI科技世博会"。公司租下了位于博多赌城一角的博多大饭店B1层作为会场。

这个技术展以"AI成就商业"为旗号，吸引了日本国内外超过五十家赞助商。偌大的展厅里陈列着两百个以上的展位，展台设计兼具透明感和统一感，场地里还有明亮而不刺眼的灯光和高挑得像踩了高跷的礼仪小姐们。

个人认证筹码的开发商日本电子工业ICT也参加了这次展会，展出了一些DEMO。这家公司似乎在研究人体识别和追踪，并试图将这些技术与虚拟筹码结合起来。

说起来你可能会觉得惊讶，但其实我并不喜欢这类活动。与在学会演讲不同，这里是生意场。带有夸张广告色彩的技术展示、对同行处处提防而省略细节的海报……外表虽然光鲜，但总有种点到为止的感觉。就像食客被鳗鱼的香味吸引进店，端出来的却只有白饭，店家还说"我们家就是卖鳗鱼味儿的"一样。

作为参加者我不喜欢展会，作为展品的讲解员时则更是如此。我讨厌这样的场合，日常工作被打断，喉咙会变得嘶哑，双腿还走得酸痛。制作DEMO这件事常因为上头的一声令下而反复横跳，不仅大型车企的职员们大摇大摆，就连自家公司参展的销售们也狐假虎威起来。再加上会场附近电车人流熙攘，午饭基本上也很贵，每次被上司指派出差当讲解员时，我的心情都很沉重。

但尽管如此，比起乔装打扮成另一个人参加，还是要好点儿的。

"……我们真的要去吗？"

我垂着头，抓紧了手里廉价的名牌，上面用正经的字体写着"河内高科技安保"。这是一家近年来随着越南经济发展日益成长壮大的安保公司，据说与越南外商银行也有往来。

当然，我和五嶋并不是越南公司的职员，也没有拿到邀请函的资格，这是五嶋从熟人那搞到手的。这类展会的邀请函并不值钱，通常都是主办方用私信的方式单方面塞给客户的，五嶋的人脉要拿到它轻而易举。

之后，只要把准备好的名片夹进名牌里，我就成了河内高科技安保公司日本分社信息技术部的安田主任，而五嶋则是负责销售工作的泽城参事。虽然心境还没调整过来。

要是刚好有同公司的人在会场里该怎么办？会场里还有大牟田警卫的展台，他所在的公司也负责四郎丸手下的赌场Central Bay博多的警备工作。吹笛人的真面目很可能暴露。

"别畏首畏尾的。你被五花大绑时牙尖嘴利的气势到哪儿去了？"

"那时说的是技术上的问题。"

"我想也是。我们的小安田明明自尊心很强，却缺乏自信呢。因为缺乏成功经验而妄自菲薄，误以为自己不配与瑞恩·高斯林搭档。"

我想起了参加新员工学习时做的抗压测试。当时五类抗压能力中，有一项比平均值略低，其他四项都是最低水平。而在我向讲师询问对策时，得到了一个令我受益匪浅的答案："要学会理解自己的性格特征。"

"好，现在我已经指出了矛盾点。从理论上来说，之后只要解决矛盾，再加上些演出就足以感动观众了。"

解决这部分的权重好低。

"我们会创造出感动的。"

"我不要。"

"不要也得要，打起精神来。这份工作虽然有风险，相应的也有回报。"

正如五嶋所言，我们以身涉险并不是为了观光来的。

我们的目的有两个，一是刺探赌场的IT系统，尽可能获得情报。比如武装无人机的性能、针对可疑行动布下的监视网，还有最关键的个人认证筹码的原理、实时性、信息传输速度等。

而另一个目的则是盗取个人认证筹码的程序。这个展会为了保持设计风格的统一性，解说员们用的都是从主办方处租借的笔记本电脑。通过外部服务器配置好计算环境，再用这台笔记本电脑登录DEMO用账号，通过SSH连接使用。个人认证筹码的程序也储存在服务器中，我们要的就是它。

"流程是这样的，安田小弟。"五嶋又重复了一次作战计划，"我们去个人认证筹码的展台，深入询问海报上没有记载的内容。主导权虽然在我们手上，但要害在哪儿还不知道。需要安田小弟来引导谈话，你可以视情况问一些LINUX终端操作相关的必要内容。日本电子根据ISMS的内部规定，放置超过五分钟之后SSH连接就会超时，要操作DEMO必须登录，所以对方一定会输入密码。"

"之后就轮到这个出场了吗？"

我用汗津津的手捏了捏口袋里的手机。这台手机里植入了按键记录器，能根据笔记本电脑的键盘敲击声推测密码。这是我们俩打代码打得手都握不住筷子，才好不容易写出来的程序，但愿一切顺利……

"我再确认一次，确定是用密码登录的对吧？"

"当然。从安全风险的角度来看，不可能把密钥设置在借出的电脑里。如果是SSH接口，那一定是用密码登录。"

"就算我们偷到了密码，有没有可能因为IP地址不对而无法登录？"

"外部服务器应该有IP限制，但在这个会场里必须动态下发IP地址，不可能精确到按每台电脑进行识别的。"

也就是说，只要我们知道DEMO用账号的密码，就能在会场里的某处下载个人认证筹码系统的程序。

乍听之下整个流程没什么不对劲儿的——只要无视那个难题的话。

"我还是觉得有难度。五……泽城先生，你太小看大企业的内部教育了。"

日本电子工业ICT是无人不晓的大企业，也是日本电子的子公司。

一般来说，大企业比新兴企业在合规上更严格。尤其是这次展出的技术与赌场警察方有关。一与政府扯上关系，法律的限制就越发严格，与同行公司接触是大忌。与高层有关的职员都会被教得透透的，哪怕带着新兴企业的名头用金钱诱惑，对方也不会说漏嘴吧。

虽然公司里也会有那么几个口风不严的，但只要他们发现我们是懂行的，就不会再透露任何非公开情报了。想从严防死守的企业工程师口中套出系统相关的细节极为困难，要让他们在我们面前输入密码更甚。

"正如你所言。谢谢你配合说出'难点'的台词，安田小弟。"

"我可不是在配合你。有什么对策吗？"

"只要有技术，不需要什么对策。你要好好观察我们的对手。"

日本电子工业ICT公司的展台以浅蓝为基色，展台上设置了一台录像机，将拍到的画面投影在大屏幕上。屏幕上出现的是在展台前穿行而过的人影，他们都被一个矩形框了起来，这是实时识别成功的标志。

海报上写着铿锵有力的宣传语——"自研网络实现赌场无筹码化"，底下是ICT自研的神经网络结构图。四名解说员正向台前络绎不绝、西装革履的人群重复着同样的说明。

可惜的是，展品里似乎没有迷你老虎机。日本电子工业ICT说到底还是一家IT企业，机器人的制作应该是委托给别的公司了吧。

五嶋四下张望着，很快盯上了一名青年。

"右数第二位老哥，等他休息完要进入下一轮说明的时候我们就过去。"

对方应该是工作了四年左右，资历尚浅，名牌上写着"西原"。他站得笔直，发型凌乱，领带也皱巴巴的。大概是被强行拉过来工作的，看上去有些消沉。

我从五嶋身边退开半步。

"……你要从他身上下手吗？"

"安田小弟，你这么说我可要生气了。这种时候啊，就该找些有上进心，又对公司心怀不满的年轻工程师。"

目标倒是挺精确的。

"像这种商业性的展会上介绍的技术,很多都名不副实吧?"

我点点头,用力点点头。

"年轻的工程师是无法忍受这种名不副实的。虽说是公司的命令,但每次用不逊于电视购物推销员的口吻说出浮夸的介绍,他们都想把自己的舌头拔了吧。在这样的人面前捧杀他们展出的系统,那些人的怒气会达到峰值,忍不住说出'事实',流露自己身为工程师的自尊心。那就是最正确、最有价值的情报。只要走到这一步,后面的就任我们发挥了。"

原来如此。之前我没有意识到,但经五嶋这么一通分析,对照自己的经验,觉得确实有不少可取之处。真亏他对边缘工程师的心理这么了解。

"不只是工程师,虽然接近一个人时推和拉的方法有所不同,但想要获得情报,刺激对方的自尊心是必须的。你要当反派的话最好记住这一点。"

我有些佩服,旋即心头又浮起一个疑问。

"……我们之前在哪里见过吗?"

"每天不都在秘密据点见面吗?"

"不,不是这个……"

"我负责观察和谈判,小安田你顺其自然就好。"

五嶋正了正领带,抓起包,仿佛对话已经结束了。

我们以日本电子工业ICT公司的展台为中心，一边避免撞见大牟田警卫一边绕着会场走了一圈。为了不引人起疑，我们走不同路线去了不同的展台，直到对会场已经无比熟悉，甚至能用赠品钢笔玩飞镖的程度……

"怎么样，泽城先生？哑铃、哑铃真挺轻的。"

"嗯，这样啊。"

我们来到了看护用动力辅助服的展台。这里出展的动力辅助服与普通版本不同，不是护工穿的，而是被看护的老人穿的。

因为可以现场试穿，我当然试了一下，的确令人大开眼界。辅助服使用的纤维通电时可伸缩，轻薄静音，穿着就跟没穿一样。除去腰部的电池之外，只有围腰带那么厚。套上白衬衫去上班甚至不会有人问你"最近是不是胖了"。

AI智能操控是它的另一个优点。这件辅助服能感知人体动作，自然而然地提供力量辅助。移动身体时就像骑着电动自行车一般，还能令人下意识地挺直腰背。

"现在的话，就连二十千克重的哑铃我也能单手举起来呢。"

"我本来就能举得起来。"

尽管存在输出功率低这个难点，但要"消除日常生活中的种种行动障碍"是毫无问题的。我很喜欢这种思维方式的转换，半导体以前也曾被当作派不上用场的物质，现在却成了人类文明的支柱。

我享受着变成超人的快感，直到五嶋强硬地抓住我的锁骨。

"哎呀，果然百见不如一试呢，泽城先生。"

"嗯，没错。"

参加这种展会，最好还是体验些与自己的专业不一样的东西。就算想细问，光是弄懂个大概就已经很费劲了，正所谓"闻着鳗鱼的香气就满足了"。

多亏有五嶋在，了解电子领域的知识也方便许多。对我听不懂的内容，他便会结合我了解的知识深入浅出地进行补充说明。

"那，我们接下来去家居环境整合平台那边吧。空调AI好像很厉害的样子。"

"啊……不好意思，在你像个第一次约会的小女生一样兴奋的时候打断。"

"你跟像我这样的女生交往过吗？"

"别说这种恶心的话。"五嶋悄声，但铿锵有力地说，"听好了，你还记得我们的目的吧？安——田——小弟。"

"那当然。"

我点点头。

"我的本命当然是指向性云天线了。"

说着，我点开平板电脑上的会场导览App。所谓的指向性云天线指的是将多根廉价天线整合起来，形成一根高精度的巨大天线。如果能通过这样的技术将低精度、多干扰的情报整合成精度高的情报，自然也能用于机器学习。

"我很期待泽城先生你的解说。"

"我快讨厌起这种天真无邪的笑容了。"

五嶋扶额。

"西原的休息时间结束了,我们走吧。"

五嶋帮垂头丧气的我整理好领带,在一个恰到好处的时机向西原搭话。

"可以请您介绍一下吗?"

西原瞟了一眼其他解说员,发现只有自己有空之后点点头,带着僵硬的职业性微笑开始就着面板对个人认证筹码进行说明。他的喉咙虽然没有沙哑,但似乎还没完全放松。一通讲下来都是这个系统取得的成绩,真是例行公事、平平无奇的解说。

这可不行,海报也写得含糊其词,就像在说"总之技术很厉害赶紧给钱"。

"话说回来,如果有一对长得一模一样的双胞胎,这个系统也能识别出来吗?"五嶋打破了沉郁的空气,"其实我有个双胞胎弟弟来着。他抽签的运气可比我好得多,这样他是不是就能蒙混过关替我了?"

西原苦笑着回答。

"很遗憾,你们的站位不同。"

"站位不同"——听到了个好词。虽然说者无意,但这句话很重要。也就是说个人认证筹码不仅能识别人物,还能通过多个监控摄像头对目标进行追踪。

个人认证筹码的基本原理是基于图像进行的人物识别,但与手机刷脸解锁使用的技术略有区别。

普通的面部识别技术不需要考虑时间和空间信息。比如说,假设小A在鹿儿岛刷脸的同时,和他长得一模一样的克隆人小A'也在东京刷脸,一般的面部识别技术会将假的小A'错认为真正的小A,这当然不是我们想要的结果。

如果摄像头的位置和照明条件不同,如何基于时间和空间信息,通过多个摄像头对目标人物进行追踪……这样的问题与Re-id(行人重识别)技术有关。想必个人认证筹码使用的就是Re-id用神经网络。

我们的推测得到了证实,这样就前进了一小步。

之后,五嶋成功地活跃了气氛,西原也逐渐打开了话匣子。

我时不时插上一两句,捕捉西原话里的关键信息,在脑海中不断缩小算法和系统结构的范围。但这还不够,现在的范围还太大了。必须进一步询问。

"之前有过识别失败的例子吗?"

五嶋看准时机,问出了最关键的问题。如果西原的答案是"百分之百不可能",就能确定他对我们有所提防了。但他的回答是这样的:

"当然有。毕竟是基于统计学得出的结果，不可能没有失手的时候。博多赌城使用这套系统的三年间，也曾有过七例误报。但从结果来说，失窃金额较之前确实有了统计上的减少，这是公认的。与实体筹码不同，虚拟筹码能进行溯源追踪，也更容易回收。"

说实话，在与西原交谈的这短短几分钟，我对他是抱有好感的。西原对技术态度真诚，哪怕面对陌生企业也时时注意表述的准确性。尽管还有知识薄弱之处，但考虑到他年纪尚浅，已经做得很好了。他们展出的是"自研网络实现赌场无筹码化"，虽然大加鼓吹，却缺乏新意，在这种展会上十分常见。

哎，但我们还是要骗他。

我产生了些罪恶感，但不得不这么做。要想活下去就需要钱，最重要的是我已经做好了按键记录器。智能的定义源于与他人的关系。无论外表如何，只有与社会产生联系，才能称之为人工智能。AI只有经过实验才能成为成品。

"太棒了，这就是贵公司自研的技术吗？真是受益匪浅。"

创造转机的自然是五嶋。

"我在新兴国家企业的子公司工作，每天都能感受到他们对事业的热情，以前总觉得日本已经在AI时代落于下风了。但我现在放心了，像贵公司这样的日本企业潜力无限，能引领世界啊。"

五嶋面不改色地说着些令人肉麻的溢美之辞。这家伙太了解如何捧杀日本企业了，真是可恨。

在AI领域，日本的一线工程师每天都饱尝着挫败感。中国的被引论文数正与美国齐头并进；G公司只用了三天就完成了一般企业的GPU服务器需要花费十年才能完成的机器学习内容；著名学会的演讲人、参加者人数落下韩国一大截；五年前越南的AI工程师薪酬只有日本人的四分之一，如今已有反超的势头……

当然，日本也有知名研究者和欲与世界一战的风投企业，但从根本上来说规模太小了。

"自研吗……"西原自嘲地笑了笑。"唉，话是这么说吧。"

……他上钩了！

我忍住了握拳的冲动。西原作为工程师的职业道德让他无法忍受公司宣称"自研"带来的压力。

"其实，我们公司所做的只是MS论文的变形罢了。不过是将人体传感器的卷积函数的warp结构略加调整，再把特征抽取器换成Deeper dense net……"

成功了。我像恶人般在心里窃笑，终于成功套出了模型的名字。Deeper dense net是一个开源模型，能从GitHub克隆到。曾被计算机顶级会议之一CVPR采用，在当时拥有最优秀的物体识别性能。比起用自己研发的网络弄巧成拙来说，这是更靠谱的选择——只要没有我们这种罪犯存在的话。

"那么，关于这些参数的自动个性化调整……"

"嗯，这是……"

西原开始说明，现在的他与其说是在应付顾客，更像是主动开口。我和五嶋对了个眼色，还能再往下问。该结束了，我调高了录音器的麦克风灵敏度。

"说起来，方便问一下模型的大小吗？"

"大小？"

"博多赌场似乎是拉了条专用线路，但敝公司的顾客经营设施线路大多较细。我在想如果不方便进行中央集权型处理的话，能不能将模型载入终端里使用。"

"哦，原来如此。目前我们还没有考虑过制作移动版，我查一下吧。"

西原俯下身操作电脑。他关闭说明PPT的全屏显示，启动了Windows系统用的LINUX终端cygwin，开始从历史命令中寻找之前输入的SSH命令的记录。

我向前踏出一步，注意着口袋里手机的麦克风位置……

就在这时。

"啊——抱歉，在那之前我能问个问题吗？"

不知道各位有没有经历过被蛇的舌头伸进耳朵里。我虽然没有这样的体验，但至今仍能想起当时的感觉。我一动不动，悄悄看向身旁的人。

那是一个身穿白西装、光头、戴着银边眼镜的男人。他面部扁平，眼睛细长，嘴就像张开的蛇口，只要见过一次便无法忘记。实际上，过了四年我仍然难以忘怀。

"听你说的，我不太能理解技术宅口中的自研要素是什么呢。"

尽管没有人催促，男人却自顾自地说起来。光是听着，我的胃就像被紧紧揪住一般。似乎那像年轮般积蓄的心理阴影随着汗水挥发了出来。

我知道，我知道这个男的，也知道他接下来打算做什么。

"模型来自开源网站，数据来自赌场，操作由赌场警察负责。那……技术宅到底做了什么呢？举世无双的日本电子公司？"

西原的脸唰一下就红了。或许是不擅长隐藏自己的表情，又或许是从未被这么凶狠的成年人盯上过，他明显很慌乱。糟了，他的自尊心要被磨灭了。好不容易缓和的气氛发生了变化，西原摆出了防御姿态。

察觉到不对劲，五嶋立马帮腔。

"抱歉，我们正在听西原先生的讲解，您有想讨论的点可以之后再聊。"

"所以说……"

但西原打断了他。以前五嶋曾边喝红豆年糕汤边说过，当一个人无缘无故开始用"所以说"时，就别指望能进行理性讨论了。

"所以说，传感器的卷积函数用的是本公司自研的Warp结构——"

"你说的就是技术宅的帅气海报右上角那玩意儿？"

"没错，就是这样！"

"那该改一下招牌了呢，改成'借他人之手赚大钱'。"

光头男响亮地嗤了一声。

"这个结构有另一个名字，就是四年前DM曾在NeurIPS[1]上发表的一般化Atlas卷积结构的一种。"

西原发出了"哎"的一声，视线左右游移。

"附录2中举例的模型，在数学上和你们那个是完全等价的。"

"那是……"

西原张开嘴，又闭上了。他是个人认证筹码的技术负责人，不可能没读过那篇论文。恐怕他没发现自己提议的模型与一般化Atlas卷积结构在数学上等价。不，恐怕他现在也还没有理解。这件事从根本上来说，不是因为知识量，而是因为理解程度引发的。不是靠一朝一夕的积累，而是靠百分之三十的努力和百分之七十的才能得来的实力。

不到三十秒，作为工程师的西原就败在了光头男手下。

但我知道，这个白西装光头男还没收手。

"西原先生，我还想问一个问题。你们公司的所作所为，到底是无知，还是剽窃呢？"

光头给出了致命一击。

看着西原的自信转眼间消失，我没有出手相助。

---

[1] NeurIPS：一年一度的国际人工智能顶级会议之一。——译者注

光头说的是对的。个人认证筹码使用的技术手段虽然可靠,从创新层面来说却乏善可陈。作为实际应用于社会的系统,这种方式是正确的,却很难称得上它宣传的"自研网络实现赌场无筹码化"。

海报上虽然标榜着"已获专利",从FIterm(专利分类号)来看,并不是AI相关的专利,而是系统专利。只要最后搭好的整体结构是新的就能获得这个专利,而用于搭建的积木块本身不需要创新。容易钻空子,"利"的意味并不强。只有资金雄厚的大企业才会申请,为了保障自身权利并用于宣传。

所以我能说的也只有一句。

"过了四年,你还是没学会社会常识啊,九头。"

我跟这个光头男很熟,熟到了令人厌恶的地步。他是我三十几年的人生中遇见过的性格最恶劣的男人。

"什么,社会常识?你照照镜子再说话吧,三之濑。哦不,现在是安田了。"

反唇相讥,之后互相瞪视。我们俩的关系和NN Analytics时代相比没有半点变化。

"我可听说了,你被一川针对之后被迫辞职。"

"我是自愿辞职的。"

"那他挽留你了吗?"

我无言以对。我听说九头离职时一川给了薪资翻倍的条件来挽留他。当时干部室里据说怒吼交加、一片混乱。

而我离职时，一川喜出望外地接了辞职信之后补了一句：

"从内容来看，你似乎重新审视了自己。能把这封信发到公司内网上吗？"

回想起可恨的一川那可恨的络腮胡和可恨的白发，我说道：

"当然，他说要给我三倍工资呢。"

"嗯哼，是把你的辞职信挂在公司内网的报酬吗？"

我快崩溃了。我当时确实说了一句随便你，但那不过是还嘴罢了，因为脑子一热……没想到他竟然是认真的。

"怎么了，不还嘴了？说'那你又如何'之类的。"

我瞄了一眼九头的胸口，看不见他的名牌，九头把名牌塞进胸前口袋里了。一旦我开口反击，他就会掏出G公司研究开发主任的头衔来给我看吧。

我知道，九头离开NN Analytics之后去了世界首屈一指的企业从事研究开发工作。我们之间的差距已经大得没有可比性了。

"你想说自己神清气爽吧？想嘲笑我的失败吧？抱歉，让你失望了。"

说着，九头装模作样地拿起我的名牌，用手指弹了弹。

"你被踢出NN Analytics之后转职去安保公司了？原来如此，看来你找到了适合自己的沙坑呢。"

"沙坑？"

"没错，只要会写python就能得到尊敬的世界。"

我感觉自己的脸像火烧一样。

"被一群外行簇拥着心情不错吧?踏进社会的正常人,对自己专业之外的东西都会表示敬意,更别说时下流行的技术了。没有一个人发现你的真实水平,真是最棒的沙坑。"

没这回事,我赢过一川了——我想这么回答。

但我的喉咙里挤不出声音,也没想到任何有用的反驳。

他说的是事实。五嶋和六条都对机器学习一窍不通。我只是恰好靠着五嶋手头没有人工智能研究员的人脉而苟活下来,靠着恶劣的天气和一川盛气凌人的性格捡漏赢了一场罢了。并不是靠自己的能力做到的。只要懂AI技术,谁都可以做到。

"哎哟真抱歉,说得有点过了。好久不见,不由得有些高兴。"

九头摸着我的脑袋,对五嶋说。

"告别之前给你一个建议。作为上司,你还是查一查这家伙的专利通过率比较好,在把经费丢进臭水沟之前。"

狠狠给了我最后一击后,九头似乎心满意足,丢下我离开了。五嶋有些尴尬地挠了挠脸颊。

"呃……振作一点……我这么说OK吗?"

西原没有回答,我也没有。

没能成功盗取个人认证筹码,得考虑其他手段了。

3

我常常想，大家似乎都太过热衷于"真正的××"理论了。

"真正的有钱人性格都很好""真正的美女性格都很好""真正的聪明人也很擅长说明""真正的恶徒不会对正直的人下手""真人不露相""越弱小的狗叫得越大声"……每次打开社交软件，这种话就会一拥而上，要多少有多少。

但我有一个问题想问，写下这些话的人当中，有多少人认识统计学上有显著性差异的真正的有钱人（也不知道资产达到多少才算真正的有钱人）呢？

这就是正常性偏见。只要有社会地位比自己高的缺德之辈存在，就会给人带来压力。所以人类靠着召唤"真正的××"这个理想国的使者来消灭他们。

可惜的是，（虽然统计学上不具有显著性差异）我认识性格恶劣的有钱人，也曾被真正的恶徒袭击过，还知道既叫得凶又强悍的狗。

那就是九头。

那个光头男说得客气些就是具有智慧性、攻击性的化身，说得委婉些就是个优越怪。

有他在的学习会都会沦为战场。只要是他出席的会议，都会变成阿鼻地狱。但凡你说的话里有一点错，他就会毫不犹豫地嘲笑你。九头不会放过任何细微的错误，哪怕对方来自威风凛凛的大企业，他也决不会因此表现得圆滑一分。

最麻烦的是，九头常常靠着讲道理赢过别人。当你在理论和结果上被完胜，剩下的就只有反驳和打感情牌了。这是工程师之耻。如果在和九头的讨论中意识到自己的水平提高了，就更无话可说了。

因此，几乎所有职员（尤其是参加学习会的人）都害怕九头。他跟我最不对付，也被非技术岗位的人讨厌，能正常对话的也就只有八云了吧。

九头明显瞧不起我们，他与同事没有任何私下往来，本就不常举办的酒会也完全不参加。不过我这个参加率仅一半的人也没资格说别人就是了……

但九头毕竟也还是个人，对于自己升迁的道贺还是难以拒绝，也曾不情不愿地在居酒屋露过脸。

令人惊讶的是，九头非常不胜酒力。别说一杯了，只要舔一口啤酒就变得醉醺醺的。可能爬虫类分解不了酒精吧。

当时我正坐在九头斜对面，心不在焉地看着直勾勾眺望远方的他，八云趁机问道：

"九头你为什么会来这家公司呢？"

不只是八云，我们一川组的所有人都有这个疑问。九头的学历无可挑剔，也曾经在日本学术界顶尖的IBSMS和机器学习顶级会议之一的ICML发表过论文。NN Analytics虽然不至于是三流公司，但也不是超一流。像他这样的人，本应该剑指海外大公司的研究所才对。

"是因为'宁为鸡头，不为凤尾'？"

"是鸡冠。"

"什么？"

"我是鸡头上的鸡冠。"

八云没有反驳，我也没能反驳。就算反驳了，也只会招来令人冒火的恶言而已。九头眼神朦胧，一边摆弄着毛巾一边接着说道：

"听我说，八云，还有旁边的菜鸡。人类是以智慧为傲的生物，我们没有爪子，也没有尖牙，只能靠灵活的双手和大脑当武器。也正因如此，人类对可能超越自己的智慧都很敏感，会害怕，会产生危机感。AI就常常被当作假想敌。"

就算喝醉了，九头还是能说出这种水平的话。

"觉得自己脑子很好的人，和没有AI也干得很好的人越多，这种排异反应就越强。托他们的福，日本正逐渐成为一个'无产之国'。就算日本的大学团结一致，光是舔美国大公司的脚就已经精疲力竭了。国家正在推进'选择错误和集中'，而企业们则看股东脸色选择了放弃挑战。"

真是出人意料的发言。没想到素来对除了自己之外的人都报以冷笑的九头，竟然会这么仔细地对身边人进行观察和思考。

"梦想是必须的，为了描绘蓝图、进行启蒙、摆脱束缚、获得投资。被一块小石头绊倒，拘泥于脚下的立足之地，这个国家的AI技术就不可能再有飞跃。就在这时,一川老师登场了。"

"一川先生?"

"他是个夸大其词的妄想狂,因为自恋而有点缺根筋了,是个的的确确的疯子。"

你也是——我差点说出口。

"但这是件好事。那家伙的妄想有着蚕食警察这座利益与权力之城的力量。而且,这里聚集了一群能给他的夸张妄想涂上色彩的人。也就是说,那个,啊……"

九头少见地有些语塞。

"这家公司,看上去好像能做出Sunny。"

"Sunny是什么?"

八云反问道,但九头没再接着说。他又散发出了平时那种瞧不起全世界的气质。

但我懂了。这就是他的真实想法。

个人认证筹码的夺取作战失败了。我们没能拿到对抗样本,按键音记录器也没能发挥作用,剩下的只有指关节的疼痛。

回到据点后,我们各自用自己的方法试图消化腹中的不忿。也就是说,五嶋看起了《007金手指》,我被迫奉陪。

为了预祝胜利而准备的红酒瓶在厨房恨恨地望着我们。

"真有你的,九头混蛋。"

五嶋第十五次重复了一样的台词。

"怎么办？在暗处偷袭六条先生？"

"给我闭嘴，三之濑小弟。别忘了你作为一名表演者的矜持。用这么无趣的方法，我们跟附近的小喽啰也没什么区别。"

竟然被运钞车抢劫犯看不起，附近的小喽啰真是可怜。但我也不是认真的。先不说五嶋，我这个对暴力一窍不通的门外汉并不觉得自己能靠这个方法取胜。

电影里，一名金发胖男人正在打牌时出老千。他利用自己的情人偷拍对手的手牌。他的情人在酒店露台偷看对手的牌面。007闯入出老千男的房间，不到三十秒就让那个情人沦陷，拿走了他出老千的工具。要是在房间里的是个男人，他会怎么做呢？

五嶋虽然在看电影，看起来却心不在焉。他喝着甜腻的红豆年糕汤，时而冷酷、时而高雅地自言自语。

五嶋是个优秀的人才。他脑子转得快，胆子大，体能也好，擅长把握人心。无论作为工程师还是经营者，要是在正常社会，一定能取得成功。

但这里却是个沙坑。五嶋在AI方面是个门外汉，就算没有我，也还有无数能当他搭档的工程师。比我更有胆量和体力，脑子灵活的罪犯也有吧。当他意识到这一点时，我会变成什么样呢？

正想着，五嶋目不斜视地说道：

"忘了那个秃子的挑衅吧。那种东西和金箔女一样。"

假使我露出了没听懂的表情，应该也只持续了几分钟。因为银幕上出现了答案：一名全身涂满金箔的女性倒在床上。我还以为是外星人呢，结果好像是被暗杀的受害者。根据电影里的说明，她因为全身被涂满金箔，无法进行皮肤呼吸窒息而死。

"我不会因为无法皮肤呼吸窒息而死吧？"

"不会，但问题不在这里。这种既花时间又花钱的烦琐的杀人方式一点意义都没有。"

我只能发出一声疑问。明明我很期待即将开始的谜题和剧情，明明开场高潮迭起。暗杀者到底在想什么？明明他可以用毛巾或西服等道具让受害者窒息而死，为什么要用这种浪费金钱和金箔的手段呢？难道犯罪组织也有预算消耗额度吗？

"虽然开头有这样一起事件，在那之后却仿佛没发生过，只是有些意味深长——这就是金箔女。那个秃子也一样，赶紧忘了吧。"

我并没有耿耿于怀。九头说的都是事实，我早就知道了。只是指出了这些事实，现实也没有任何变化。

"嗯，其实我已经缓过来了。展出的动力辅助服也很有意思。"

"要是那里有迷你老虎机就好了。"

"嗯，是这样没错……"

"迷你老虎机"，这个词语就像一条导火索，我的脊背窜过一道电流，脑海里有些麻麻的。虽然很久没见了，但无法忘怀的感觉，这是"灵感"。

"怎么了，三之濑小弟？你的表情就像网页崩溃了一样。"

"六条先生会在当天入住酒店对吧？"

"嗯。"

"从停车场到博多大饭店的入口，会遇到几台迷你老虎机？"

"谁知道，三四台吧。"

"我们能偷拍到这些迷你老虎机的屏幕吗？尽可能从正面拍。"

"嗯？可以。赌场外面警备相对薄弱，只是拍摄的话总会有办法的。"

我陷入了思考。这次根据从西原那里得到的信息我们知道了模型的结构，也知道原论文和他们提倡的网络结构，预训练的方法和调参的方法也都问出来了，虽然没有数据……

"说不定能做到。"

迷你老虎机的屏幕上显示的图像、矩形位置和准确度，那些关系着个人认证筹码的输出。在获得迷你老虎机拍摄的图像后，个人认证筹码是如何进行1：N识别后显示结果的？

我知道系统的输入和输出，也知道模型的结构。这拓宽了可能性。

"我们用迷你老虎机的屏幕输出文件制作个人认证筹码的副本。然后做出欺骗它的干扰样本就行了。"

"迷你老虎机上的金箔脱落了啊。"

五嶋拍拍手。

"太棒了，三之濑小弟。比起Z级电影的无聊步行场景更无聊的二十分钟没白费。"

五嶋奔到厨房，拿出预祝胜利的红酒。

"为了确保精度，最后必须让六条被迷你老虎机拍到，现场进行调参。"

"需要多长时间？"

我根据之前的经验大致估算了一下。偷拍图片的鲜明化处理，根据3D坐标进行旋转，抽出矩形，其他数据清洗、打标，复制模型的训练、评估、测试，用来欺骗模型的对抗样本生成器的训练、评估、测试。

"大概一个小时够了。"

五嶋把高举的红酒瓶轻轻放回桌上。

"十分钟？"

"一个小时。"

"我说啊，三之濑小弟。你还记得我们的作战是在六条走进饭店吧台的那一瞬间，骗过认证筹码取而代之吧？"

我点点头。六条切切实实会经过的摄像头死角只有吧台入口，取代他的时机只有那会儿。等他出了吧台就太晚了，一旦六条试图进入贵宾室，他就会发现自己的面部识别资料被偷天换日这件事。

"从停车场到饭店二楼吧台的那一百六十米，你想让他走一个小时？"

我沉默了，思考了一会儿，发现自己想不出办法。

"那个，登记入住呢？"

"全都数字化了。"

微妙的沉默降临在我们之间，五嶋愁眉苦脸地试图把插进软木塞里的瓶起子拔出来。

作战的关键在于速度。我们得赶在六条进入贵宾室前，在他坐在吧台休息期间将筹码换成钱。机会只有一次。一旦他走进吧台，就没有机会再出手了。

"有可能并行高速处理吗？"

"要是能求一川老师借我们AWS的话。"

"像上次一样制作一条专用线路实现并行……啊，不行，没法进行训练。"

"我们拖住六条先生一个小时呢？"

"不错，用对抗样本把我们变成拖鞋吧。"

"验证一下试试？"

"只是讽刺而已，不必了。"

"我也是。"

五嶋喉咙里发出几声哼哼，沉默地将目光再次投向银屏。被敌人抓住的007丝毫没有囚犯的模样，他自由自在地四处晃悠，天上地下地找女性搭讪，但他最终还是被首领逮住关了起来。007世界里还是有牢房这个概念的啊，我想。

这时，五嶋像往常一样唐突地说道：

"能给点铺垫吗？三之濑小弟。"

这辈子第一次被要求铺垫，我露出了讶异的表情。

"就像之前迷你老虎机的时候那样，给点铺垫。让我想起'逆转'这个词吧。快点。"

"难道你想到什么了？"

"还没有。但灵光一闪之前都需要铺垫，在我忘记之前赶紧的，和007金手指联系上。"

追加的铺垫到底有什么意义啊？

"真期待007的逆转啊。"

"给你的表现打十二分。"

我刚才说过五嶋擅长掌控人心。真想撤回这句话。

"但还有那个。"

"那个吗？"

"要是没能赶在六条进贵宾室前做完，在他进去之后别让他出现在摄像机的镜头里就行了。这就是逆转思维。"

一开始我觉得莫名其妙，理解了他的意思后不由得拍案叫绝。光说"逆转"有点太简略了，但就像五嶋说的那样，要是问题无解，那改变问题就好了。转变思路是很重要的。

"在吧台给他下泻药，让他蹲厕所怎么样？"

"想法不错，但还差一点。第一，别看六条那样，他也是个小头头。这么紧要的时刻，他可能宁愿拉裤子里也不会离开。第二，有可能被四郎丸的手下发现。第三，很没气氛。"

"气氛吗？"

"别小看气氛。金手指脚本一言难尽还是成为名作，完全是因为气氛烘托得好加上高潮的冲击力。约翰·威克[1]也只是被车碾过，但氛围无敌。"

我发现自己敷衍的手段都用光了。

"所以，我有一个营造气氛的提议……"

就这样，五嶋开始聊他的设想，难以想象这个设想来自我草率的铺垫。他手舞足蹈，发出怪声，最后得意地结尾。

"怎么样？"

我思考了。在脑海中验证了五嶋提议的可行性和优缺点。然后——

"机器学习里绝对没有这种事，但……"

我铺垫了一下，然后拔出预祝胜利的红酒的软木塞。

4

作战计划定下后的那十九天虽然忙碌，却也极度无聊。日复一日与控制面板大眼瞪小眼，在博多大饭店的照明系统里植入程序，在警卫眼皮子底下重复小实验。正如五嶋所言，过了一段伴随着轻快摇滚乐不停快进的日子。

---

[1] 约翰·威克：电影《急速追杀》男主。——译者注

然后，计划执行的那一天来了。

博多大饭店在十七家赌场中属于中等偏下的水平。正如其名，住宿服务才是它的主业，这栋十一层高的建筑中第二到第四层是赌场。一楼是前台和餐厅，五楼供工作人员使用，从六楼往上则是客房。

五嶋将除贵宾室之外的赌场内部事先拍了下来，我们将其进行了3D重构，戴着VR眼镜在里面走了好几次。老虎机的位置、吧台的位置、桌子的位置、监控摄像头的位置和角度、柱子有几根、观叶植物如何分布、男侍应生在哪儿等，我们对赌场的结构已经了如指掌。

但是即便如此，实际走进赌场，感受却完全不同。

地毯是软绵绵的，灯光优雅朦胧，点心三明治的面包部分绵软，就连中间夹的烤牛肉也很柔嫩。尽管没时间品味红酒，但就算不喝，意识也已经飘飘然了。平时穿惯了的西装此时也令人浑身难受。

博多赌场的客层并非来自上流阶级。既有暴发户般的人物，也有自己一毛钱也不赚的有钱大少爷。这些人只有一个共同点，那就是他们都很有钱，不管钱是哪里来的。我们不惜袭击运钞车也要抢的东西，他们却清清白白地拿着。这份压力让我浑身发软。

"别被影响了，三之濑小弟。"

从耳朵里的微型耳机中传出五嶋的声音。他应该已经提前扮成客人潜入，正在对动过手脚的照明系统做最终调整。

其实，我们计划的第一阶段已经顺利结束了。已经让老虎机的个人认证筹码识别了六条,将结果偷拍后传到了服务端。现在我正在训练对抗样本生成模型,让自己能化身为他。

"浣熊已经进了吧台,现在正装作和伙伴偶然相遇。"

这里说的浣熊指的当然是六条。浣熊可爱的形象用来比喻可爱的六条正合适。都会"洗"钱,人们也希望以三千日元的单价把它赶走,简直是天造地设的昵称。

"那,之后就按计划行动。"

我抓起两块烤牛肉三明治,走向赌场里少数没有监控摄像头的地方。

我踩着柔软的地毯,提着铝箱进了厕所。

世界上打蜡分两种:便宜的和贵的。便宜的蜡就像料理店的地板一样油亮,贵的光泽就像大理石。当然,这家酒店的厕所里用的是贵的蜡。厕所的地板打扫得一尘不染,比我自己家还干净。

尽管这里干净得令人惊讶,但眼前的事态更加令人震惊。

我立即打开手机,小声求助。

"发生紧急事态了,代号B。"

"怎么会这样,你说代号B?……呃,B是什么来着?"

"是坐便器的B啦,隔间都被占满了。"

"他们集体食物中毒了吗?"

厕所本身虽然比小学教室还大,但因为每个隔间都是头等舱水平，一共竟然只有四个隔间。

左数第一个人明显打的是持久战，要想把他从隔间里拽出来，大概得带一个消化科医生吧。

中间那两人就更严重了，从隔间里传来无力的呜咽声。看来是输得令人难以置信地惨。要想把他们从悲痛的深渊里拉出来，大概得带一个优秀的心理咨询师或者大捆钞票吧。

最后一个隔间和前几个截然不同，没有半点悲痛的氛围，别说上厕所了，甚至从里面传出翻动报纸（这个时代竟然还有人看纸媒！）的声音。要选目标的话最好定在这里……

"快想想办法，三之濑小弟。要是六条那家伙从吧台里出来我们就失算，计划就破产了！"

"你说想办法，到底该怎么办……"

"比如说跟对方拼厕所之类的。"

"要是对方答应了呢？"

"那就用桶盛水泼他把他赶出去啊！"

"绝对会惹祸上身的好吧。真的很冷啊。"

"哦……哦……原来你被泼过。总觉得有点抱歉。"

糟糕，不知不觉间自掘坟墓了。

总之，现在我只能靠自己克服困难了。要在没有五嶋的帮助下把报纸男从隔间里拽出来。

快想起来，想起你脆弱的肠胃，想起你微薄的抗压能力，想起你中午吃的黑猪猪排饭一股地沟油味儿。我可是在备考大学那一个月间吃了一百二十颗正露丸的男人，没有我做不到的事。

花两秒钟集中精神后，我解放了天性。

"不……不好意思呃……那个，您方便完了吗？"

我很满意自己的表现。我的声音听起来细如蚊蚋，感觉再过一炷香就要死了。眼前为了犯罪而冲进厕所的狼狈情形，让狼狈的我体内的狼狈觉醒了。

这样一来，我敢肯定无情的报纸男也不能无视。

虽然肯定，但我知道自己的肯定可信度并不高。

"……"

没有回答。只传来翻动书页的声音，融化在隔壁输钱男的呜咽声中。

"那个……"

"你，喜欢玩番摊牌吗？"

门对面传来一句话。我的直觉告诉我这是个五嶋系人种，表演欲过剩，充满莫名其妙的自我意识和审美，最好别和他扯上关系。

"我最喜欢玩番摊牌了。虽然家里不禁止一切娱乐，但比起最新版的Play Station，五十二张一套的纸牌对我来说才是最好玩的游戏。我想起来了，当时桌面上已经没有鬼牌，我瞥见那个和我同窗的愤怒少女的眼尾盈着泪水，我握紧了手里的黑桃4……现在想来，那就是我的初恋。"

我拼命抑制住用桶往隔间里泼水的冲动。

"抱歉,我忍不住了……"

"忍不住,却不得不忍,因为你是黑桃三。"

因为我是三之濑吗?

"如果你也是这家饭店的客人,应该能理解吧?我们高人一等,因为我们有钱。但与此同时,你也不断体会着平等的滋味,就算被尊称为老师,也难以压抑自己难以示人的生理欲望。"

"那个,我快憋不住了——"

"虽然某位哲人说过,学问决定人的贵贱,但我的想法和他不太一样,我是黑桃4,理解规则,把握牌局的关键。这才是最重要的。"

我开始四处寻找水桶。正当我在盥洗池旁盛水时,传来门被用力打开的声音,伴随着响亮的号啕声。我回过头,看见了一名满脸通红、丧家犬似的男人。他叫唤着什么,一溜烟跑掉了。或许是被报纸男的说教打动了?

总之,我立马冲进了空隔间里。

"你被其他玩家救了一命啊。"

报纸男说。

"那就把黑桃4暂存在你这里吧,因为我已经找到下一件玩具了。"

男人立即打开门,踏着轻快的脚步离开了。我很想把他大骂一顿，但五嶋催得急，自己也没有勇气，最终还是作罢。

进了隔间后，我立即打开铝箱，准备好工作环境。一台不带HDD，只有SSD的小型便携式笔记本电脑。为了这一天特意挑选的轻薄静音键盘，以及Wi-Fi中继器。

上一次网络线路受限，而这次可以自由使用网络了（虽然需要花工夫加密）。量级大的数据处理可以交给租来的服务器，手头这台电脑只作为终端使用。

我轻手轻脚地打开电脑，免得被腹痛男听见。屏幕上出现了饭店走廊里的影像。这是从放在五嶋胸前口袋里的钢笔形摄像头传回的实况录像。

五嶋正借着找红酒的机会转动身体观察四周。影像画质很差，有许多噪点，面前出现了一个莫西干后脑勺。

……找到了！

是六条。他正大步在吧台旁走动，靠动作装腔作势。六条挺着肩膀抽烟，又挺着肩膀盯着侍应生，看上去不像是马上要靠扑克牌出老千还钱的人。真是个演技派。

那么，如果有些人——比如电影观众——在没有知识储备的情况下看到我们的犯罪现场，他们此时肯定会产生疑问。

"现在不是为时已晚了吗？"

重申一遍，六条的钱已经被换成了个人认证筹码，现在用大棒子敲他也偷不到了。而用来骗过筹码的对抗样本生成模型还在调参中。

就算对抗样本生成模型完成了训练，取代六条的机会也只有一个，就是在他走出吧台时。六条出了吧台后会马上走向贵宾室，那时筹码余额就会暴露。他大概会马上联系收银台冻结本人ID吧。

贵宾室是单独的房间，门口有真人警卫，进了房间我们就无法插手了。这场金额巨大的游戏将被中央服务器监控，强行闯入的话警察会立即循声而来，将我们逮捕。也没有任何办法让身在贵宾室的六条走到监控范围之外。

"所以，我们只能咬着手指看着六条洗钱。"

"不错啊，这句利用不可能来煽动气氛的台词。三之濑小弟也逐渐开始学会表演了？"

一边说着，屏幕对面的五嶋从侍应生手中接过一杯白葡萄酒。

"接下来，去看叛徒耍猴戏吧。"

隔着手机，我眼前仿佛浮现出五嶋坏笑的样子。

5

我的名字叫六条，我的幸运词汇是"自知之明"。现在担任某个行侠仗义团体的小头头。

干这份活儿常常让我感觉到，个人的暴力没什么分别。只要有一把手枪，小学生也能杀死职业拳击手。在3D打印技术普及的今天，制作一把手枪的难度与做饭没什么两样。

重要的是，社会还没有意识到这个理所当然的事实。当弱者认为自己拥有力量时，一定会发生悲剧，恐怖活动就是一个典型。没有自知之明的人不断增加是导致社会分裂的原因。

只要世界上所有人都有自知之明，世界就能实现和平。外行就乖乖当冤大头，条子就乖乖抓小喽啰，我们就干些专业的活儿。

弱者毫不抵抗的弱肉强食才是真正的人类社会。

正因如此，我一直在努力普及"有自知之明的社会"，有时靠威胁，有时靠金钱，有时靠痛苦。我要让冤大头们知道他们和我之间的差距，让他们看不到暴力的公平性。这也是对社会作出了一种贡献。

让那些自以为是、半瓶子水的灰色集团成员吃些苦头，向反复对我发起刑事诉讼的傻瓜家庭送松阪牛，在以"和店里的氛围不相称"为理由拒绝了种植合同的餐厅饭菜里放蟑螂也是，还有从胆敢问我要分成的傻子工程师那里卷走钱，这些都是为了让美丽的、有自知之明的社会顺利运行。

接下来聊聊我是什么时候有了自知之明的吧。我曾有个叫田代的玩伴，他是当地有名的坏蛋，我们从小学时候就认识了。不知道为什么，田代对"地狱炖菜"——一道把学校伙食搅成一团的菜很有执念，哪个老师惹到他了，一定会被扣上一盘地狱炖菜。将剩菜扣在别人脸上这一行为带来的屈辱比暴力更严重，能迅速让其他人产生自知之明。

我们俩一拍即合，开始教各种各样的人做人。从当地高中毕业后，一度有人模仿我们的主意，后来他就搬到了九州，和我分开了。虽然听说田代进了某个黑社会组织，但我们有快十年都没见过面了。

有一天，我的工作用手机接到了一个电话，是田代打来的。也不知道他从哪儿弄到了我的电话号码。

那家伙颤抖着声音说：

"半夜一点来博多的工业废品处理厂见我。"

从他的表现中察觉到不对的我立即让部下停止扔蟑螂的工作，驱车赶往博多。

不巧的是路上发生了车祸，到达目的地已经是凌晨一点零三分了。我一边祈祷，一边穿过昏暗而满是酸味的工厂。

在那里，我看到了令人怀念的地狱炖菜。里面漂浮着大块腌菜，混着碾碎的塑料片，还有一个正在发出悲鸣的人形物体，那毫无疑问就是田代。

"啊——能问一句吗？"

我朝发出声音的方向看去，只见一群男人正围坐着一张朴素的桌子打扑克牌。其中一人……穿着和这里格格不入的高级西装，目不斜视地说道。

"你，喜欢玩番摊牌吗？"

我发不出声音……大概……又或许声音太小，被田代的哀叫盖过去了。

男人看我手足无措的样子，又担心地加了一句。

"和为了朋友在氢氧化钠池子里游泳相比，你更喜欢哪个？"

这样一来，我就连一句"怎么了"也问不出口了。

我和我的部下们打番摊牌打到了天亮。因为我有自知之明。

在那之后，出于某些原因，我们的大哥向那个男人借了钱，我每次都是按时还钱。当然今天也一样。

那个男人就是博多的幕后黑手——四郎丸。

"小酌时间结束了，去工作吧。"

从左耳的微型麦克风里传来粗犷的声音，是四郎丸身边打杂的内藤。内藤身材高大且话多，是个婆婆一样啰里啰唆的家伙，但我不能无视他。他负责四郎丸手下所有洗钱相关的工作，不可小觑，忤逆他太没有自知之明。

我（用个人认证筹码）刷脸付了酒钱，从座位上站起身。正在这时。

"哇！"

随着一声惨叫，侧腹传来一阵冰凉。一瞬间我以为自己被利器刺中了，但并不是，是红酒泼到了我身上。

"对……对不起，真的很抱歉。"

一名络腮胡男子像认错蚂蚱[1]一样扯着我的袖子道歉。他靠着细微的动作贴在我身上，巧妙地抢走了我的上衣。

"你这家伙，在干什么？"

"我马上帮您洗干净！多少钱都会赔的！"

男人拿着上衣就要跑，我打算抓住他的脖子，但为了挡住迷你耳机不敢有大动作，结果花了快三十秒才抓到他。

"真是给我添了大麻烦……"

换作是平时，我会薅着他的头发把额头对着桌角撞，但现在我不想引发多余的骚动。于是我默默接过那家伙递过来的十万日元清洁费，只是拍了拍他的肩膀。算你走运。

男人匆忙低下头，边道歉边一溜烟跑走了。

真可疑。虽然计划应该不至于泄露，但可能被动了什么手脚。

这时我突然发现左耳听不见声音了。耳朵里仍然有异物感，耳机还在，但却没有声音。

我冷静地从上衣口袋里掏出手机，是锁屏状态，看来没人碰过。我打开设置菜单，或许是因为太远了，蓝牙连接断了。我重新连上。

"……吗？在三号桌。"

听到了内藤的声音。没有任何问题，计划仍在进行。我穿过贵宾

---

1 认错蚂蚱：也叫道歉蟥虫，哆啦A梦里出现的神奇道具。被它缠上的人会自动反省自己的错误并且道歉。——译者注

室的门，走向三号桌。

三号桌旁有四个男人在等着我，一名老绅士、一名年轻商人、一名企业高管模样的大腹便便的男人和一名警官……他们看上去素不相识，其实都是四郎丸的部下。

"请多指教。"

我若无其事地打了个招呼，在荷官示意的座位上坐下。位置在大腹便便男和警官中间，是第四位。肤色略黑的天然卷荷官将红黄绿三色筹码像小山一样堆在我面前，是刷脸认证过的属于我的筹码。

"那，开始吧。"

德克萨斯扑克是全球赌场中最常见的扑克玩法。德扑的胜负不仅看手牌，还要看两张"底牌"和最后明牌的公共牌，公共牌最多五张。

牌局开始时没有公共牌，之后逐渐增加到三张、四张、五张。每一轮分别叫Preflop、Flop、Turn和River，各轮玩家都需要进行表态，选择跟注（Call）、加注（Raise）或弃牌（Fold）。

每轮从被称作"SB（Small Bet）"的玩家开始顺时针进行叫注，SB之后是"BB（Big Bet）"，最后一位玩家被称作"DB（Deller Button）"。DB座位上会放置表明身份的按钮，每轮按钮的位置也会发生变动。

德州扑克涉及的信息量很大，比普通扑克更重视实力，但说到底也还是个靠钱、运气和虚张声势的游戏。

装作胆小鬼不停弃牌就能简单地把钱输出去，但做得太明显会被盯上，被可恨的人工智能进行剖析。

"第五局开始才是真正的对决。第一局顺势而为就行。"

耳旁不断传来猩猩般粗声大气的指示，真烦人。

"牌局中你的行动都会被AI进行分析，小心别做些不合理的事。把老大的钱顺利交还到老大手里，懂吧？"

前五局就像内藤说的那样无惊无险地过去了，虽然也有人打出了顺子，但金额也不过八百万日元左右。考虑到最低赌资也有十万日元，八百万日元并不算什么。

普通人拼命工作一年才能赚到的钱，在这些若无其事的人中间流转，这就是我的"自知之明"，我是个手握七亿日元的男人。

每个人都知道这场赌局毫无意义，却为手里的牌一喜一忧。龙套们也演技颇佳，把现场的氛围炒得火热。

"开始了。"

内藤的话让我浑身一僵。荷官默默盖下两张牌。我掀开一角看，是红心J和红心4，没凑成什么对子，但四种花色都齐了，手牌还不错。

坐在SB位的老绅士押注十万日元，BB位商人押了二十万日元，强行开始了赌局。下一位胖男人露出游刃有余的微笑，递出一枚价值百万日元的黄色筹码。

"加注。"

BB旁边的位置被称为UTG，这个位置不能观望，只能比别人更早行动，一般而言是最糟糕的。在这里豪掷百万简直没有自知之明——当然，是在没人出老千的情况下。

　　"加注，两百万日元。"

　　我遵从内藤的指示，递出两枚黄色筹码。警官也递出两枚黄色筹码跟注，SB位的绅士跟注，BB位商人没有跟。

　　这样一来，Flop轮五人中就有四人跟注了。

　　荷官将筹码放进底池里，里面有四人份的两百万日元，加上BB一开始放进去的二十万日元，共计八百二十万日元。这还只是个开始。

　　荷官翻开牌堆最上面的三张公用牌，是黑桃J、红心9和方块5。

　　"有对子就喷一下，没有就歪头。"

　　我仔细看了看手牌和桌面，手里有红心J和红心4，能组一对J。我喷了一声。

　　疑似老绅士盯着我，一下子推出了三枚红色筹码……实际上，他加注了三千万日元。

　　"押注。"

　　接下来胖男人跟注了三枚红色筹码，这样一来，就已经有六千万日元以上的钱被扔进了这场赌局。

　　"加注，一亿日元。"

　　要玩不跟注那一套吗……

让我在手头有对子的情况下下高额赌注，看来是为了演绎一段"起手有好牌所以显得强势，不料被对方的气魄压倒，最后收手不跟"的故事。只要小心地重复几次，就能把钱干干净净、切切实实地交到四郎丸手上。

"加注。"

我押上了十枚红色筹码。就连老手都会觉得庞大的金额，荷官却只是微微扬眉。警官喷了一声，没有跟注，老绅士和大腹便便的胖子跟注了。这下子底池里已经有了三亿八百二十万日元。

第二轮翻牌flop已经结束，进入第三轮转牌turn。荷官又翻开了一张公用牌，是红心2。我手头的对子没有变化。

"如果有比含9的对子更大的手牌，就歪头，没有就摇头。"

我歪了歪头。一方面是打信号，也包含了询问的意味。

的确，运气好的话我手里的牌可能组成同花，继续加注进攻也不算奇怪……但赌注金额已经很大，差不多该让我收牌了吧。

"下注。"

SB位的绅士老爷子押了五千万日元，接着，大肚男又加注了五千万日元。这样一来，我们每个人投进去的赌资加起来已经超过两亿日元。换作一些弱鸡，看到这个金额已经晕倒了。

"加注。"

我按指示跟注。五个人都跟注了，到了最后一轮——河牌river。

荷官翻开最后一张公用牌。

红心5吗……

那么，公用牌就是黑桃J、红心9、方块5、红心5和红心2。

光是桌面上就已经有一对5了，和刚才那对J合起来就是一个两对，但……

怎会如此，不止两对……

桌上有三张红心，手头有两张，这是红心同花。

"如果有比三张5更大的牌就握住你的右手腕，没有就握左手。"

我握住了右手腕。

"下注。"

绅士老头一脸理所当然地递出了五千万日元，大肚男又加注五千万日元。赌资已经涨到了三亿日元。

是时候了……

三亿日元的赌金已经足够给人压力，虽然刚刚赌上的两亿日元也不低，但考虑到这已经是我手头资产的三分之一，该收手了。

我等着内藤让自己盖牌不跟，从左耳传来的却是令人难以置信的一句话。

"加注，一亿日元。"

……你说加注？

底池里已经高高垒起了价值六亿日元的筹码，我再押上一亿日元，人均赌资就超过四亿日元了。这已经超过了我手里有的一半金额，简直就像想用钱把对手吓倒一样。

脑子没事吧？

如果这是一场"正到激烈处幸运地抽中了好牌，把筹码都扔进去却输得一干二净"的戏也就罢了，很多赌场的冤大头都这样。老千只出一次就不容易有破绽。

但这是死杠到底的冤大头才会有的做法。要是再往里扔筹码却不战而逃，就连冤大头也算不上，只是个慈善家罢了。这不会被条子盯上吗？

然而，我是个有自知之明的男人，也是个只知道附议的男人。

我祈祷着这场赌局赶紧结束，颤抖着手递出了价值一亿日元的筹码。

"再加注（reraise）。"

绅士老头也加注了五千万日元，到这儿大肚男终于撑不住了。

"太多了，我不跟。"

三亿日元如同泥牛入海，真是令人遗憾的弃权。

"太好了，救星来了！"

大肚男的举动开了个示弱的头，这样我就有理由不跟牌，逃离这场赌局。我如获大赦，大肚男那油光发亮的额头看上去甚至有点像大黑天[1]了。终于能从这场愚蠢的走钢丝里被解放出来……

"加注，五千万日元。"

一瞬间，我忍不住想回头找找内藤那张猩猩似的脸。

1　大黑天：日本七福神之一，掌管食物和财福。——译者注

"还要继续？是打算走到摊牌那一步吗？如果是这样，那他为什么要确认我手里有没有比三张5更大的牌？"

我拼命咽下一个个浮上心头的疑问。你要有自知之明，冷静下来，不要思考。想想田代吧，在四郎丸面前，思考就是没有自知之明的行为。你只要当一台送钱的机器就好，要是搞错了对方的指示，被杀了也无话可说。

"加……加注。"

不只是指尖，我的声音也颤抖了。骨子里的自知之明在拒绝交出红色筹码，这已经接近我能忍受的极限了。

赌资超过五亿日元，抢劫运钞车得来的大部分钱都将随着这次弃牌消失。

"加注。"

绅士模样的老头轻飘飘地加注了五千万日元。然后——

"加注一亿日元。"

……不对！

这不对。桌面和底池里的筹码加起来，现在赌资已经超过十三亿日元了，我再往上加就是十四亿日元，老头儿如果不收手就会超过十五亿日元。这太多了，金额太大了，太难以承受了。我自知自己的身份承受不住这份重量。

我的所有汗腺都在冒冷汗，伴随着缺氧、耳鸣。

为什么不让我弃牌？为什么不让我逃走？是我听错了对方的指示

吗？连错三次？干脆无视指示直接收手？蠢货，有点自知之明吧！

是内藤想陷害我？不可能！我一直以来都乖乖交钱的，就连东京的女人也给他献上了。但要是我按他说的加注后，老头又跟注了怎么办？

要是我赢了……会怎么样？要是我把底池里四郎丸那十三亿日元拿走了，到底会怎么样？

我的脑子里出现了地狱炖菜。田代在酸液里拼命挣扎，他不断发出垂死的呻吟。

我请求道："给他个痛快吧，他是我的朋友。"

四郎丸说："这比打出一张方块8更重要吗？"

不对，这不对，快停下来！救救我，让我别再跟牌。我的自知之明马上要崩溃了！

但我的脊髓选择了服从。

"加注。"

然后，老头看了看自己的手牌……推出筹码。

"跟注。"

我有种失重感。赌金已经集齐了。

"Showdown（摊牌对决）。"

肤色略黑的荷官毫不留情地说。真想把这家伙的天然卷一把揪下来。

"最后加注的六条先生，请公开手牌。"

公用牌是黑桃J、红心9、方块5、红心5、红心2，盖着的是红心J和红心4，最终组成了红心同花。

"六条先生，请公开手牌。"

我很有自知之明。我已经尽了全力，按内藤说的做了。

但，结果还是同花，是一手好牌。就算在有七张牌的德州扑克里，出现同花的概率也极低。

把同花给他们看了，我会变成什么样？会怎么样？要是赢了我该怎么办？我该……

"是Full house（满堂红）吧？"

融化的田代如是说。他的声音从地狱炖菜深处传来。

"那老头手里的，应该是Full house吧。"

啊，原来如此，也是……

不愧是田代，发明了地狱炖菜的男人，着眼点就是不一样。没错，这肯定是Full house。光公用牌就有一对5了，手牌里再有两个对子，J或者9什么的，就能轻松组成Full house，或者一张五5再加上J、9、2的某一张。同花在这里可不算什么。虽然内藤问了我"有没有比三张更大的牌"，但这都无所谓。

没错，是Full house，Full house，Full house，Full house……

"六条先生！"

"是Full house！"

我扔出了自己的手牌，荷官皱起眉头。

"看上去是个同花啊。"

我的对手,老头的表情扭曲了。他把盖着的牌一摔……

是红心10和黑桃5。

我拼凑着Full house。有三张5,再来一个对子就够了。老头盖着的牌里有10,公用牌里当然也会有10。

没错,绝对有的。这老头手里不会只有三张5而已,黑桃J、红心9、红心2之中会有一张10……绝对有,绝对……

"恭喜。"

老头丢下这句话就走了。

"真是最棒的一场对决,结束了。"

商人和警官都离开了。荷官从底池里拿走场地费,把十五亿日元的筹码堆在我面前,其中六亿五千万是从四郎丸那里借来的钱,剩下的是我从四郎丸那里抢来的钱。

我闻到了酸的味道,融化了的田代在笑,我也在融化,世界在融化。

"怎么了?笑一笑嘛,这不是大获全胜吗?"

大腹便便的男人说。

"怎么会这样,我没想……"

"你想,从一开始就想,这可是赌博,是理所当然的事。"

大肚男站了起来。

"尽情沉浸在胜利的余韵里吧,这样的夜晚想必不会有第二次了。"

不对！不对！错了！应该在的！刚才应该在的！Full house，就在那里……

"抱歉在您正享受的时候打扰。"

背后传来说话声，和刚刚耳机里的声音一样。我不愿回头，但我回头了，这是我的自知之明。

"六条，我们老板有请。"

一名身材高大、体毛旺盛的西装男子站在那里。

"……内藤，先生。"

"真是超水平发挥的演技，六条先生。"

从耳机里，传来"内藤"的声音。

6

> 真是超水平发挥的演技，六条先生。

我输入最后一句台词。这是我的真心话（讽刺）。

不用我说，刚才六条参与的扑克赌局，背后的黑手就是我们。我们窃听了六条的通话，并篡改了一部分内容，把内藤说的"比三张5更小的牌"改成了"比三张5更大的牌"。而内藤心里的剧本，是六条拿着比三张5更小的手牌发起对决，被SB位反杀的故事。

这个问题在间谍电影里两秒钟就能解决，但我想花点篇幅来讲一讲，毕竟这是我唯一的高光时刻。

先从我们如何介入六条的通话开始吧。

对讲机的通话会被监视，而电话则会留下与外部联系的通话记录，所以六条选择了网络通话。

六条的IT水平虽然有限，但还不至于想无视赌场提供的路由器直接用免费Wi-Fi打电话，也还没到不使用加密手段大大方方犯罪的程度。

他们用的是SSL加密技术，也就是公开密钥和加密密钥的认证方式。因为是单向通话，加密密钥由内藤一方保管，放在我们不知道的某个地方，所以要想骇入网络线路是很困难的。要是知道他们用的通信App是哪个，也可以对漏洞进行攻击，但显然我们什么也不知道。

也就是说，六条的手机和内藤之间没有我们介入的余地。

但从手机到他左耳藏着的耳机蓝牙之间的连接就另当别论了。

微型耳机用的是蓝牙5.0版本，蓝牙LE。LE是Low Energy的简称，正如其名，这个版本的卖点就是低能耗，通信距离较短。蓝牙通信常在Master和Slave这两个配对角色之间进行，一旦配对成功，Slave将不会接入其他任何通信。

于是我们让五嶋乔装打扮后出场了。他撞翻白葡萄酒，并偷偷在六条的腰带上放了一个蓝牙和Wi-Fi的轻型中继装置，又抢了六条的外套，切断了手机和耳机之间的通信。在这期间，中继装置成了Master并与耳机配对，由此夺取了耳机的操控权。

但只有这些还不够，我们还没能窃听到最重要的内藤的指示。

最后的一步是主演完成的。六条当时试图重连手机和耳机，实际上耳机已经配对了，他的手机连上的是伪装成蓝牙的中继装置。

由于他与中继装置的配对，"内藤→手机→中继装置→我的电脑→中继装置→耳机"的连接完成了。

"六条小弟把手机揣在衣服口袋里的习惯真是帮大忙了。"

五嶋如是说。

"要是倒霉点，说不定还得让他把裤衩子也脱了。"

尽管能窃听通话，要想篡改内藤的发言还需要一个步骤。

就是大家熟悉的语音合成。

深度生成模型主要有三种技术，第一类是对抗生成模型，第二类是变分模型，第三类是自回归模型。自回归模型能通过将波形整体的联合概率分解为先验概率和条件概率的积并进行表达，直接对生成数据的似然度进行优化。

这次我们用的是自回归型生成模型之一，叫作Wavenet next 3。它运用图像领域较成熟的CNN（卷积结构），将声音转化为某种宽度为1的细长图像。

Wavenet next用Dilated Convolution（空洞卷积）提取出声音的波形结构，并使用Transformer进行加工合成。又将中间层分解为表达内容的意义向量、与之垂直的情感向量和人物向量。

之后，我们用其他的语言模型将输入电脑的文章内容进行编码，变成意义向量，在Wavenet next上进行替换，再解码成声音，就能在瞬间伪造出内藤的声音。

伪造的声音精度不高，如果是亲耳听肯定会有违和感，但因为微型耳机音质低劣，成功蒙混过关。

"浣熊退场了。"

看来六条被带到了某个摄像头的死角，恐怕是高级会客间吧。

不知道现在的他正用什么表情说着什么话，反正总比抢劫后马上遭到背叛的我要好。

"我们去完成最后一步吧。"

刚才那场牌局的赢家是六条，拿到十五亿日元的也是他，不是我们。复仇虽然痛快却也空虚，为了不要就这么空虚地结束，更为了之后能顺利逃跑，我们需要实实在在的利益。

所以还差最后一步。六条是赢家，那么我们只要成为他就好了。

我换上公文包里拿出的西装，又用瓶装水把侧腹处稍微弄湿，用发蜡梳了个背头，再摆出一副愁眉苦脸的样子。完成一连串动作只花了两分钟多点儿，多亏了每天的练习。

我挺着肩，大摇大摆地逃出了这间美得令人惊叹的厕所。

7

事先说明，之后的内容毫无戏剧性，所有步骤都平平淡淡地、静悄悄地按计划完成。我会若无其事地挺着肩膀到柜台处把十五亿筹码换成现金，而五嶋会悄悄开着逃走用的轿车把我和钱带走。顺带一提，我说的换成现金换的不是一万面值的日元，而是一千面值的瑞士法郎，一千瑞士法郎相当于十一万日元还要多些，这样一来我们要带走的纸币数量和重量都只有原来的十分之一。

我们会走事先定好的市区路线，那里少有人监视。为掩人耳目，也不用无人机进行侦察。对方不是CBMS，不用担心他们布下天罗地网，只要不被发现就不会引发枪战。一切都安排周全了。

我们出了博多赌场区，又开了七分钟来到一条小巷里，这时形势发生了变化。

这里的城建规划做得很随意，就像一块七拼八凑的布料。崭新的诊所旁边是一栋破公寓，对面则是一间废屋。

"五嶋先生，不能再加大油门了吗？"

眼看速度慢得都能看清院墙上的裂缝，我终于忍不住抱怨起来。我们的车正以三十五千米的时速在限速四十千米的道路上行驶，简直就像刚从驾校毕业的菜鸟司机。

"安全驾驶可是强者才能做到游刃有余的哦，三之濑小弟。有十分之一的抢劫犯都是因为无关的交通事故和超速而被捕。我们已经尽人事，就别着急了，躺平等着吧。"

"你可别躺。"

五嶋哼着歌回应我。

"说起来，你和她还有联系吗？"

话题变得太突然，我一瞬间不知该怎么回答。

"哦，就是那个老给你发消息的女孩。"

"你说八云小姐吗？我的前同事。"

"对对。"

"并没有。你别乱说话给人添麻烦。"

五嶋说了一句"噢？"就把方向盘打死了。我等着他的下一句话，但似乎没有下一句。

"刚才那番话是什么意思呢？"

"这是让事情进展顺利的小妙招。万一你告诉了我一些有趣的情报，就会节外生枝了。"说着五嶋一脚踩下刹车。有一辆黑色的丰田普锐斯从黑暗中冒了出来，因为附近没别的车，它开得很慢，时速大约只有十千米。这已经不是什么安全驾驶，是完全没踩油门。因为是单行道，也没法超车。

"节外生枝了呢。"

"我们的观众也真是些好事之徒。"

我们的车轻声鸣笛，黑色普锐斯慢吞吞地停在了路边。五嶋一面留意着旁边的电线杆一面从它旁边穿过，踩下油门。

"接下来聊点更无聊的吧。我在小酒吧遇到了一个大叔，他沾沾自喜地对我说……"

这时，口袋里的手机开始振动。

"……节外生枝了呢。"

"都是观众的错。"

如果是一次普通的出行，来电话也没什么奇怪的。停下对话，接起电话就行。

但对现在的我而言，手机振动的声音宛如一首《帝国进行曲》[1]。因为这部手机是我们为了这次计划准备的一次性用机，除了五嶋和我以外，没有人知道手机号码。我拿起手机，看向屏幕。来电的不是运营商的电话号码，而是手机里预置的SNS软件打来的IP电话，未显示来电人。

再次认识到这一事实，我感到浑身发冷。从远处赌场传来的俱乐部音乐听上去就像螃蟹走路一样慢了半拍，我的背上冒出一滴滴冷汗。

我有两个选择，关机或者接电话。

最保险的当然是关机，这样不会给对方提供多余的情报，但这一行为也会让我们无法捉摸来电人的意图。如今已经不存在那种古老刑侦剧里用到的反侦察装置，如果对方能通过运营商的基站连接情报追踪到我们的位置，也没理由给我们打电话了。打这通电话一定有什么用意。

那，如果我接了电话又会怎样？要是打错也就罢了，如果不是，按下接听键就意味着"上桌"，即同意了与敌人进行交涉的行为。

而现在最有可能打来电话的，是四郎丸、六条，又或是……

---

1 《帝国进行曲》：又名黑暗命运进行曲，是达斯·维德（Darth Vader）在电影《星球大战》中的主题曲。——译者注

海蛇。

"你接了呗。"

五嶋说话的口气就像提议晚饭吃什么一样随便。

我鼓起勇气,用外放模式接通了电话。几秒钟的沉默。对方连一句招呼也没打。是恶作剧吗?正当我等得不耐烦,把手指放上挂断键的那一刻,传来了吸溜吸溜的水声。有人在喝什么,像是把热腾腾的东西含在嘴里的声音,接着,传来了喉结滚动的声音。

"当我第一次被别人邀请到家里做客。"

很明显的电子合成声,就像刑侦综艺里扮演嫌疑人的嘉宾。那个问题已经足够让人感受到他意有所图。

"我会用用他们家的咖啡机。"

"……这样的客人我可不欢迎。"

我谨慎地答道。刚刚传来的吞咽声听起来非常自然,也就是说,电话那头的人只对说话声进行了加工。技术很高明,不知道是搞App的还是机器学习的,至少是个有能力抠细节的人物。

"并不是想炫耀自己的品位,咖啡机是最适合用来了解屋主性格的存在。要是胶囊式,说明可能是个有钱人或咖啡入门爱好者;要是手磨式,说明对方既有闲工夫,又对口味有讲究;要是喝速溶咖啡,说不定只是想提神而已,或许是在家办公的人,又或者是有些居家钻研的兴趣。咖啡机里蕴含着各种各样的情报。"

真是让人对买咖啡机丧失兴趣的话题。

"但，AI对这种事可不感兴趣。"

我思考了一会儿回答。

"这是沃兹尼亚克测试吗？"

"回答正确。"

沃兹尼亚克测试是2010年史蒂夫·沃兹尼亚克提出的用于区分泛用人工智能的一种测试方法。

测试内容很简单，就是将人工智能带到一所没去过的房子里，让它泡一杯咖啡。仅此而已。既不需要它与人类相爱，也不需要它参加人权运动。但这却很难。

人工智能需要与屋主对话问出咖啡机的位置，还需要掌握这所陌生房屋的布局，通过语言情报到达终点。需要弄明白这台没见过的咖啡机该如何操作，为了泡出好喝的咖啡，还需要理解"好喝"的含义。这涉及自然语言处理、物体检测、探索等现代AI难以逾越的各种障壁。

其中有一个非常棘手的"框架问题"。

泡咖啡虽然只是一个简单的任务，却包含了无穷无尽的状态，房间的陈设、屋主的性格，以及门把手的形状是什么样的？咖啡机的形状呢？咖啡机是否接通了电源？咖啡胶囊放在哪儿……要是非等列举出所有可能性才能行动，AI只能永远停在那里。

所以需要对待解决的问题划定一个"框架"，但给框架下一个合适的定义又很困难，这就是框架问题。

"传说在第四次AI浪潮中,人类职业的百分之八十最终将被AI取代。但现实中的AI别说发动十万马力救人了,就连泡个咖啡都做不到。"

电话那头的声音自顾自地激动起来。

"深度学习技术的发展让AI的泛化性能有了飞跃性的突破。但基于有限数据进行的学习并不能解决框架问题。用于学习的数据本身就是AI的'框架',只要输入这个范围以外的信息,就能轻易地让这些家伙出bug。"

我想起了被对抗样本操控的运钞车"鲸鱼"。

"说到底,现在的人工智能产物和手写的规则没什么区别。不过是无数'if语句'被精心藏起,成为一个让人难以察觉的超高次元空间的超平面罢了。"

"总觉得,要是同事的话这家伙应该不是什么省油的灯。"

五嶋小声插了一句。我很想说"轮不到你来说",但还是咽了回去。要说这两人谁更过分,还真不太好说。

话虽如此,再聊下去也百无一利。我决定结束对话。

"受益匪浅。之后我会乖乖在社会的框架里生活。那就这样。"

"对偷了十五亿日元的人来说不可能吧?"

毫无疑问是敌人。我倒吸一口冷气,五嶋则吐出了一口气。

"你对着墨西哥黑帮也会说这些话吗,海蛇?"

"毕竟我也会西班牙语啊。"

墨西哥人也挺惨的。

"好吧。你们游离在规则之外已经有十二分钟了。但假如实在想回到社会的框架……这样吧,不如先试试自己能否遵守交通规则再说。"

正在这时,重力的方向突然变了。耳边传来引擎的轰鸣声,我的身子被按倒在座位上,差点儿没咬到舌头。马路很宽,窗外的风景却以极快的速度向后掠去。

"五嶋先生,你所说的'强者的游刃有余'去哪儿了?"

"……原话奉还,三之濑小弟。"

五嶋咬紧牙关,声音痛苦。

"就算是布鲁斯·威利斯[1],刹车失灵时也会害怕的。"

他的右脚已经将刹车片踩到了底。

明明没有人按开关,车载音响却自动打开了。广播频道自动切换,响起震耳欲聋的流行西洋乐。

"跑吧。"

我把手搭在车门把手上,但因为锁没打开,车门就像冻住了一样打不开。

"享受这场'例外'吧,吹笛人。"

电话那头嘲笑道。已经够了。我挂断了电话。

---

[1] 布鲁斯·威利斯:美国演员,出演过《虎胆龙威》等动作电影。——译者注

轿车不断加速，我的眼睛已经捕捉不到窗外的电线杆。五嶋为了对抗车载音响，一边大声唱着什么（应该是 *TAXI* 的主题曲）一边巧妙地操纵方向盘在细如牛毛的小路上穿梭。

"你没什么办法吗，三之濑小弟？"

"交给我吧。"

我拿着USB线，将身子探到副驾驶座上，将线插入座椅下方黄色盒子的插座，另一头连着我的笔记本电脑。我敲击控制面板，下载驱动。看来还能正常使用。

"那是什么？"

"这是数据事件记录系统EDR。把数据提取出来有利于之后分析原因。"

"之后？"

"直到几年前，EDR还是个完全的黑匣子，近来出于公平性的考虑，除生产厂家外，其他人也可以通过USB对数据进行读取了。"

"读取？"

"没错。"

"能通过这个手段对汽车的ECU发出命令吗？"

五嶋说了一个毫无电影色彩的笑话，这对他来说很少见。

"真是的，输入指令它也不能变成一个数据记录器呀。"

"那要怎么才能打破眼前的困局？"

"但能拿到数据……啊，抱歉，有点沉迷了。"

轿车还在暴走，以超乎意料的速度驶过超乎意料的道路，来到了一条不知名的大马路上。我们没有空闲去看导航仪，对面来车的车灯非常炫目。就在双方堪堪相撞时五嶋打死方向盘，车子差点儿侧翻。

速度表盘上的示数停在一百一十千米处，已经超过了极限速度。车子还在不断加速，引擎仿佛要喷出火来。现在跳车无异于自杀。

"用无人机，三之濑小弟！"

五嶋死死抓着方向盘大叫道。

"把后轮胎扎破！快点！"

这辆车是前置后驱，只要扎破后轮，就能在不失控的情况下让它丧失推进力。

"这样做不会失去平衡翻倒吧？"

"你向杂技之神祈祷吧！"

我别无选择，立即打开公文包，用手动模式启动了武装无人机。我按下开窗按钮，但车窗并未如我想象般降下。我捡起脚边的撬棍试图砸窗，不愧是强化玻璃，简直纹丝不动。

我拿出托卡列夫手枪，打开保险，上膛装弹……虽然学过射击，实际开枪还是第一次。警察二字从我脑中闪过，但没办法，我扣下了扳机。

伴随着一阵袭向肩膀的冲击，车窗出现了一条大裂缝。我把撬棍塞进那条裂缝，利用杠杆原理把它撬开了。

我从打碎的车窗处放出了无人机，但无人机追不上汽车的速度，逐渐被甩开去。我打开画质低劣的手机App，通过无人机装备的摄像头好不容易瞄准了轮胎。

这时无人机摄像头的亮度突然急剧上升。好刺眼！一瞬间还以为是探照灯，但并不是，是远光灯，而且是从头上来的。

我抬头看去，有什么东西像慢动作一般出现了。一辆卡车冲破头顶高速公路的围栏从天而降。司机张着嘴正在尖叫，他用力捶打着方向盘，却没有响起喇叭声。

"五嶋先生，快躲开！"

我大喊一声的同时，也知道自己这是强人所难。卡车一头撞上水泥路面，像鸡蛋般摔得粉碎，并将货箱以驾驶座为中轴线甩了出来。我们连人带车被货箱撞飞，像骰子一样滚落在地。

我忍耐着耳鸣和反胃感，从车里爬了出来，幸好还有一口气。没在冲击中失去意识只能说是奇迹，模糊充血的视线逐渐恢复清明。

被掀翻在地的卡车正熊熊燃烧。

"你没事吧，五嶋先生？"

没人回应我的呼唤。我望向车里，也没有人影。是被弹出车外了吗？不可能……只有这个男人我觉得不可能。我挣扎着站起身，四下环顾寻找那个一脸坏笑的墨镜男，却看到了另一个人。

那人穿着装腔作势的白西装，与事故现场格格不入，戴着银边眼镜，光溜溜的脑袋上没有一滴汗，脸上带着厌恶与轻蔑的神情。

"看来你们闹得有点太过了。"

"九头……"

怎会如此。我长叹一口气，伸手揉了揉眉头。

是蛇，男人的左手臂到肩膀上缠绕着一条蛇，它的鳞片闪烁着金属质感的光芒，是一台蛇形机器人，可能原来是救灾用的。再加上男人右手中引人注目、闪着黑光的托卡列夫手枪，局势已定。从他娴熟的样子来看，毫无疑问已经身经百战。

我在内心诅咒着这场孽缘。明明四年前，我们还在阳光下并肩工作过，没想到竟然会在这个糟糕至极的地方再次相见。

单词在我脑中浮现又消失，最后从我喉咙里挤出的是这么一句话。

"你就是海蛇？"

"不是吧，你现在才发现？"

九头嘲讽地嗤笑一声。

"说到咖啡那就是我。这还用问？"

是吗？我怎么不记得有这回事。

"你为什么去当四郎丸的手下？"

"我还想问你为什么去抢劫？"

"G公司的研究项目怎么样了？"

"你也把自己摘得太清楚了吧，三之濑。赌场抢劫犯和黑社会喽啰，谁都会觉得咱俩是一丘之貉。再说了，我还更体面一点。"

我明白，九头说的话都是对的，但我还是忍不住问。俗话说真人不露相，九头没有刻意隐藏自己的锋芒，但他是个有才能的人。不适合在这种小地方玩沙子。

"算了。你要是还能走得动道就上车，我得在条子来之前把你带到客人那里。"

无论何时，被人用枪顶着后背总是令人不习惯。我深吸一口气，说出了必须说的那句话。

"不，发令的人应该是我。"

一瞬间，形势发生了逆转。从我左侧背后伸出一把激光瞄准器，轻抚着九头的胸口。当然，瞄准器本身毫无意义，只是一个警告。

"竟然亲自出现，你疏忽大意了。"

我身后有一台扇叶折断掉落在地的武装无人机，看上去像是废铁，其实并没有坏。无人机巧妙地转动折断的扇叶，摆好姿势对准了九头。一旦被识别到，与武装直升机的反应速度相比，手枪扳机迟钝而毫无意义。

"噢，我曾经读过一篇关于损坏状态下也能飞行的无人机的论文，没想到还有掉在地上都能动的。"

九头钦佩地点了点头。

"你还是这么擅长挪用。"

这不是挪用，是改良。

我咽下涌到嘴边的反驳，现在重要的是已经公开的情报，别被感情所左右，掌握好主导权。

"我的命令很简单。首先，告知你的客户工作已经完成，'我抓到了吹笛人，把追兵撤回去'；其次，把你刚才说的车钥匙给我；最后，协助我把五嶋先生搬上车。不然的话……"

我顿了一下。

"我会朝着你的心脏和脑袋各来一枪，速度一定比你更快。"

然而，我模仿五嶋所做的戏剧性停顿没能产生效果。九头别说害怕了，甚至笑了笑。

"你要是想靠那条机械蛇来防住……"

"它叫西蒙。"

我知道这个名字，西蒙是 *Sunny* 第十九话里出场的秘密道具蛇。

"你要是想靠西蒙救命，也是无谓的挣扎罢了。"

无人机用的是小口径子弹，有些材质或许能挡住两三发，但冲击是不可避免的。就算有人能穿着防弹背心承受住枪击，也没法反击。九头没有任何反击的手段，结果只是多浪费我几颗子弹罢了。

"一定？无谓的挣扎？真好笑，说得就像结果已经注定了一样。"

九头突然将托卡列夫的枪口对准身后。我吃了一惊。

"要想装出研究者的模样，可得对准确度更上心点。现在的你不过在指着概率分布图宣告自己的胜利罢了。不抽样调查就不知道结果，机器学习没有绝对。这不是你的口头禅吗？"

"那你要把赌注押在微乎其微的例外上吗？"

九头没有回答，而是扭扭脖子，活动活动肩膀，轻轻叹了口气。他甚至把枪也放下了。

"半环扁尾海蛇不会游泳。"

继咖啡之后，这次是蛇的故事吗？九头就像在闲聊，我有点烦了。

"有些种类的海蛇腹部长着吸盘，可以在陆地生活，有些则是完全生活在海里的。半环扁尾海蛇是前者，它们的游泳技术和鱼类相比非常差劲，半吊子生物通常都这样。你觉得，它们是怎么捕食小鱼的？"

"文化话题之后再聊吧。我的要求是——"

"别小看专业知识，你这无名小卒……正确答案是共同狩猎。鲽鱼和蓝鳍鲹等大型鱼类会把猎物赶到珊瑚礁里，它们就等着这一刻。扁尾海蛇与鲽鱼等不同，能钻进珊瑚的缝隙间并把小鱼吃掉。"

身处命悬一线的状况下，他为什么还能这么悠闲地聊天呢？我很疑惑。喉咙异常干渴，早知道在赌场的时候就喝杯凉水了。但九头却一滴汗也没流。

"从小鱼的视角来看，它们被捕食者追赶着逃进了珊瑚礁里，这样一来游戏就该结束了。珊瑚礁是一片不可侵犯的领域，它们的脑子里天生铭刻着这条规则，带着这样的世界观，生活在这个'框架'里。但回过神时，鱼鳃已经被尖牙刺穿，有日本锦蛇八十倍毒性的神经毒素流进了身体里。这是为什么呢？"

"你给我适可而止！"

"我想说的是……"

九头总是打断我的话。

"海蛇是来自'框架'之外的存在。"

"你说什么？"

我无法理解他话里的含义。

"你还是那么迟钝啊，三之濑。我能做到，我能创造出突破AI框架的可能性。所以，车载ECU发生了'例外'，刹车信号无法发送给车体，之后武装无人机又受到例外影响，开始攻击主人。"

五嶋的话在我的脑海里闪过——"海蛇能操纵'例外'。"

"你这吹得跟三文网络新闻一样了。"

这不像他。过去的九头和我一样，也反感夸大技术的广告，是会主动抨击可疑技术的类型。但我对自己识人的水平没什么自信，有时甚至不知道自己是否真的在观察别人。

现在需要理性思考。

九头说是他引发的刹车故障，从当时的状况来看，恐怕是事实。但要说是他"引发逸出值"从而导致异常现象发生，还言之过早。

我在攻略"鲸鱼"时调查过汽车的控制系统。汽车是一种精密机械，内部的ECU通过独立于外部的CAN（控制器局域网）进行情报交换，从而操控引擎转数、刹车乃至车内空调。人们对CAN的破解进行了大量研究，发现只要安装微型计算机，就能从外部自由控制这辆汽车。也就是说，只要有接触这辆车的机会，动点手脚就能引发刹车故障。"鲸鱼"因为是装甲车，结构特殊，无法以这种手段进行控制，我们才用特殊手段骗过了它的"眼睛"。

的确，要说世界上没有能制造出"例外"的技术，那是不可能的，对抗样本也属于制造"框架"外数据的技术之一。但使用对抗样本需要获得目标对象使用的模型，市面有售的模型也就罢了，要是能预测出逸出值，骗过第一次见到的自制AI，那简直是魔法。

如果说九头吹的牛确有其事，根源肯定在西蒙那里。但一条蛇能做什么？它重量也就八千克左右，看上去也没有武装，我不觉得它能当作特殊防弹背心。

从理性角度上看，九头说的话没有任何依据，只是在拖延时间。既然他没有要和我们交涉的意思，那就只要无视他开火就行。

可是为什么呢？我的脚粘在柏油路上挪不动，我被超越理性的感情所支配，我真恨我自己。

"你要是怕痛，就把手放到地面，低下头。这是我好心给你的忠告。"

九头像炸鸡店的吉祥物一样用温柔的眼神注视着我。就像在等着一个迟钝的后辈理解教科书的内容。

一种奇妙的感觉攀上肌肤。在工作中、会议上、闲聊时我也常产生这样的感觉。一群脑子很好的研究者们在更高的次元里对话，他们的对话基于对等的基础、知识和数学水平，而我夹在中间，只能听懂某几个单词，想提问却连重点也抓不住，只能永远被冷落在一边。

莫非我的认知有某种致命的错误，开口的时候就已经被看透了？我心中涌出一股恐惧。

我克制住右脚想要逃离的冲动。赌场的喧嚣听起来近在咫尺，焦躁感让心脏怦怦直跳。镭射光点在九头胸口处晃动。我感觉整个人腰部以下就像泡在温水里。

"看来，你并不打算听从我的忠告，那……"

九头露出了无语的表情，和上次我问他重回归是什么的时候一样。

"你要是不想动手，就由我来试试吧。"

他重新举起了手枪。

"住……"

让他住手没有任何意义和可能性。是我自己撂下的话，九头的动作就是最后一步，已经没有我介入的余地了。

而后，我只感受到了结果——

击中肋骨的冲击和脸颊破皮的疼痛。

……发生了什么？

我脸朝下趴在柏油马路上，眼前一片模糊，找不到焦点。枪声有好几响，恐怕不到十发，但太过密集了没听清楚。

一开始我以为自己被九头的托卡列夫击中了，但身上没有血迹。我的肋骨似乎折断了，但之前没有骨折过，无法确定到底是不是。我转动眼球看向身旁，倒地的武装无人机枪口正对着我，击中我的是无人机的橡皮弹。

我恍然大悟，九头的预言成真了。

眨眼间，一切都结束了。机器学习没有绝对，但眼前的情况发生的概率小而又小。可是，一切都在九头的计算中。

接下来我应该会被杀吧，大概会死得很惨。但如今这已经不重要了。

他是怎么做到的？

疑问支配了我的大脑。九头是怎么操控无人机行动的？他用的不是对抗样本，附近也没有投影仪，也不是通过物理接触。这不可能做到，不可能，他如果不能操纵例外……

"欢迎来到'框架'之外。"

模糊的视线中，白衣男人，九头俯视着我。

"你是……怎么……"

"嗯——倒也可以告诉你。"

说着，九头露出笑容，给了我最后一击。

"但这对你来说应该很难吧。"

我感到身体一下子变得冰冷。九头向我宣告——三之濑这个人不是工程师，而是用户罢了。疑问和耻辱堵在喉头，让我感到窒息，就这样，我缓缓地沉入了黑暗中。

修士扭曲的爱情 ACT III

Master's Strangelove
or:How I Learned to Stop
Worrying and Love AI

0

醒来时，我的第一个想法是"又来了"。

看样子我和席子挺有缘分，说不定前世是只蛹。先不说是什么蛹，反正肯定没羽化成功。

我打了个喷嚏。睡在冰冷的水泥地上是一个原因，更重要的是我被冷水泼醒了。

这里昏暗而宽敞，湿度也很高，再少点风就更适合种蘑菇了。远远传来街上的吵闹声，从裂开的白铁皮屋顶向外窥视，能看见漂亮的星星。

我开始考虑把这里当成赌场警察的讯问室，借此逃避现实。

自己之所以会被绑住，其实是一种过保护的逮捕。就这么想吧。尽管作为一个讯问室，这里也太大了，窗户玻璃也碎了，就像一个废旧工厂，但肯定是为了通风而搞的装潢。远处不断传来闷闷的惨叫声，那一定是在举行朱鹭叫声模仿赛……

但正当我打算把眼前的男人们当成警官时，发现已经糊弄不下去了。

"抱歉三之濑，这地方有点吵。"

这个人我见过。正当壮年，脸上带着旧伤和烧伤。他坐在一张沾满油污的简朴桌子旁，正与一名胸肌将衬衫撑得鼓鼓的男子和另外两名黑衣人打番摊牌。刚才用水浇我的，应该是站在旁边的混混小喽啰，看上去像层层外包雇来的。

让我惊讶的是这名壮年男子的声音。

"你是，在厕所里看报的……"

"我是四郎丸，请多指教。旁边那个看起来很凶的是内藤，其他人不需要记住。"

我想抱住自己的脑袋，但因为被绑，只抬了抬手。不是正经人也好，真希望换个能用语言沟通的人。

不得不承认，这里就是这些像是犯罪者的人干些见不得人的事的地方。

我输给了海蛇，被四郎丸抓住了。从某处传来像是鹅叫的声音，更证实了这一点。我想问问五嶋是否平安，正当我组织语言时，四郎丸先开口了。

"我们开门见山吧。芝村的钻石在哪儿？"

我皱起眉头，很奇怪，一般来说应该先问钱的事吧。当然，那价值十五亿日元的瑞士法郎大概早就被回收了。但即便如此，我们这些局外人影响了四郎丸洗钱，让博多的黑幕面子扫地也是事实。

但四郎丸没有追究，却先问了钻石的去处。这颗被称作"亵渎了切割的概念"的垃圾钻石，比黑道的面子更有价值吗？而且，"芝村的"又是什么意思？

"看你这样子，看来六条说得没错……喂。"

在四郎丸的指示下，混混中的一人离开了，过了一会儿鹅叫声也停止了。

"你们偷走的钻石，是众议院议员芝村胜利的个人资产。那天本来应该由'鲸鱼'运到涩谷的出租金库里。"

他说……芝村？

没记错的话，芝村是推进博多赌城都市化实验的中心人物。身为执政党的权威人物，他年纪虽大，却有着丰富的IT知识。四郎丸也是赌场所有者，两人间有什么联系也不奇怪。

但这样的大人物，为什么会对那颗垃圾钻石如此珍重，把它放进金库里呢？难道那其实是钻石形状的特殊炸弹之类的……

"确实，那东西要是曝光了可不得了。"

"我没兴趣跟你打游击战。"

四郎丸啧了一声。他不快的视线像箭一般将我贯穿，我闭上嘴。

"看起来你对这场牌局的规则和局势都不太理解啊。那好吧，我现在手里握着黑桃4——就是你和你同伴的命。"

看样子五嶋没事，起码现在没事。一名小混混举起手中亮闪闪的铁管向我示意，铁管有时比枪口更具说服力。

"那些手里没有好牌的玩家只有一个选项。怎么样，乖乖听话吗？"

深知四郎丸有多喜欢番摊牌的我自然是点头。

"那我们互相恪尽自己的义务吧。我再问一次，'芝村议员的钻石在哪儿'？"

我遵照四郎丸的命令，尽了一个玩家的义务。

"我pass。"

内藤站起身走向我，随意往我的耳朵侧边踢了一脚。

"给老子认真点，没有pass这一说。"

难得自己配合四郎丸的比喻，真过分。我忍受着头晕目眩，一边想。

"明白了，我会说的。但能先让我听听五嶋的声音吗？我想确定他平安无事。"

"我刚才已经说过，你手里没有牌。你以为我会允许你们串供？"

真是一点机会也不留啊。

要说出钻石的所在之处很简单，就在我们据点里一个极其普通的保险柜中。要把它连着保险柜带走并不难。但就算我在这里和盘托出，他们就会放走我吗？会说"谢谢"，和我握手，拍拍我的肩膀，给我点伴手礼吗？别想了。我的结局不是变成一摊黏糊糊的液体，就是被砌进水泥里。好一点的话，会被抓去喂鱼。大概是鳕鱼。

"背叛是最廉价的转折"吗？

要想颠覆眼前命悬一线的状况，我必须说谎。要让四郎丸对我的话深信不疑，并在最后关头背叛他。

但不是所有的借口都能用。条件有两个：一是能混过眼下这个困境，二是让五嶋也说一样的谎。

前者也就算了，后者完全靠运气。我怎么知道五嶋会说什么谎？我既不知道五嶋基于什么算法行动，也不知道五嶋学习用的数据。人类的思考是无法解读的。

"……在B市二丁目一番地623号。但你只派下属去是没用的。"

"哦？这是什么意思？"

我咽下一口带着铁锈味的唾沫。我读不懂五嶋的想法，所以只能撒一个符合自己性格的谎，期待他能配合。

"钻石在一个生物认证保险柜里，只有我们才能打开。先给你一个忠告，带尸体过去也没用。"

"嗯，原来如此。"

四郎丸盯着我，像在斟酌。内藤一把薅起我的头发往桌子上磕去。眼前火花四溅。四郎丸注视着我的眼睛，用黑桃4敲敲自己的额头。他脸上烧伤的疤痕很光滑，闪着光。

"我确认一下，你没说谎吧？"

我感到脊背发凉。让这个男人生气是件无比恐怖的事。要是生活在表世界[1]，一辈子都不会感受到这种压迫感。但我知道，合理性的优先级比压迫感更高。

1　表世界是《寂静岭》系列游戏中的概念，由漫天的大雾、塌陷的地面、荒无人烟与真实世界极度相似的荒芜景象组成。——译者注

我颤抖着点点头，四郎丸冷哼一声离开了。内藤和黑衣人跟在他身后，只留下手拿铁管的混混们和我。

我用脸颊在桌子上蹭了蹭，等着他们商量回复，连瘫坐的力气也没有了。四周冷得像个冰窖，让人起鸡皮疙瘩。只有小混混们吸鼻子的声音提醒我时间在流逝。刚才真是千钧一发，要是他们问到生物认证的细节就完了。

不知过了一分钟还是一个小时，终于，内藤出现了。

"走吧。"

看来这场赌局是我赢了。

1

我被拎着脖子推上了轿车，戴上眼罩。车子开了近一个小时。

被从车里扔出来时，天空已经被朝霞染得鲜红。我的时间感已经混乱，或许是晚霞也不一定。

那是一处离市里有些距离的静谧住宅街，建成于约二十年前，是北九州市周边的卫星城，邻里关系不甚亲密。居民年纪都不小了，小孩也不多。

住宅街一角有一处带院子的独栋房屋，那就是我们的据点。

"别做多余的事。"

内藤把手搭在我的肩膀上。

"五嶋先生在哪儿？"

"事务所。"

他直截了当地说。给灵活机动的指挥塔上把锁是理所当然的选择。我俯下身开始查探周围。

黑社会共有五人，其中一人是司机，另一个人是把风的，剩下的三人都跟着我。两个人在我左右，稍微低点的地方站着他们的头领内藤。所有人都穿得很休闲，像在当地酒吧里玩了一整夜，早上刚要回家。

五嶋曾说过，三这个人数是有深意的。在恶人的世界里，突袭是一种基础知识，再怎么强壮的男人在突然袭击面前也是脆弱的。两人一组的话其中一人被突袭倒下，就变成一对一单挑了，要是有三个人，就算被突袭，在数量上也能保持优势。

也就是说，内藤等人即使面对我这么弱的对手也没有放松警惕。从这一点就能看出四郎丸的管教之到位。

"快走。"

我被推着肩膀进了门。之前司空见惯的荒草地现在看上去就像是通往断头台的路，庭院里爱长毛虫的无名树木也似乎在嘲笑着我。

"开门。"

来到带按钮的电子门锁前，内藤说道。我把颤抖的手指放到按钮上，情急之下却想不起密码。

"不好意思，我太紧张突然忘了……密码是什么来着？好像是一部电影的名字，讲小孩被单独留在家里的时候……

"来了一群坏男人,他用多米诺骨牌一样的装置把男人们击退了。那个……"

内藤骂骂咧咧地说:

"是 Home Alone(《小鬼当家》)吗?"

"啊,就是这个。非常感谢。"

我偷偷深呼吸,输入了"HOMEALONE2"。

这是一个信号。传来三声气泡酒的软木塞弹出的声音,接着是一声短促的悲鸣,有人砰然倒地。

秘密基地里布有陷阱。不,因为统计学上不显著,我无法断定。准确来说,我手头的数据里没有任何情报能否定"五嶋的秘密基地里布有陷阱"这一假设。

"HOMEALONE2"是一个紧急情况下使用的密码,输入这个密码,设置在庭院灌木枝叶间的摄像头和哨戒机枪就会启动。意识到主人身处险境的它们会朝可疑人物射出橡皮弹,将他们击昏。

机枪都是百发百中的。虽然机器学习没有绝对,但我能保证,一百发都击中的可能性非常高。

我像个胜利者一样优哉游哉地回过头……然而。

"咦?怎么和实验结果不一样?"

我与内藤四目相对。本应让他两眼翻白的小型机枪现在倒在他脚边,冒着火花。

这时响起了一声响亮的鸟叫声,乌鸦们振翅离开了灌木丛。我立马明白了为什么会发生这样的bug：被毛虫引来的乌鸦用嘴啄了机枪，改变了它的方向。

被突袭击倒的只有一个人，其他两人已经从震惊中反应过来，眼睛里逐渐出现了怒意。原来如此，三人组合确实更安全。

"额，那个——"

我试着询问。

"两位能不能再往左边走两步？"

"胆敢看不起我们！"

回答我的是他们的拳头。我的肩膀被打中，摔倒在地不断挣扎。必须要逃走，逃到哨戒机枪的射程范围内。有人抓住了我的夹克衫袖子，强大的臂力将我拖了过去，把夹克衫的纽扣都崩飞了。我迅速把这件不合身的衣服脱下，金蝉脱壳般逃走。

"想逃……呜哇！"

俯下身试图抓我的小混混立即成了机枪的猎物，就像被球棒打中的哑剧演员一样飞起，口吐白沫倒下了。我趁机手脚并用爬进了机枪的射程内。

内藤啧了一声，从怀里掏出手枪。

"给我过来。你想死吗？"

动物的本能让我不由得想顺从于强者，但我劝告自己：不对，过去就会死。内藤不会开枪的，他的手枪上虽然装着消声器，但这玩意儿不会有电影里那种消音效果。只要开一枪警察马上就会赶到。邻居们会做证犯罪时间,带有线状痕迹的证据会留在我的遗体中。

我们对视了几秒。汗湿的右手在草地上打滑,我没出息地倒下了。

内藤喷了一声,用没拿枪的那只手抓起手机,似乎打算联系车里的人增派援军。

糟糕,情况越来越不利了。

哨戒机枪的把戏只能玩一次。有各种方法可以应对它们。比如说避开发射角度、准备盾牌、朝机枪扔石头、切断电源线、从车里拿出武装无人机等。没能逃进基地那一刻我已经输了。要是在屋顶上再设一台就好了,当初不应该嫌保养花时间的。

我痛恨自己的愚蠢,也痛恨那些乌鸦,顺带恨了一下没赶走这些乌鸦的行政人员,还有毛虫。当然,没处理掉毛虫的五嶋也可恨。

正当我开始痛恨食物链时,听到了救星的声音。

那并不是人的声音,它更加单调,用傅里叶变换加以分析会呈现出非常规则的冲激[1]——其实就是巡逻警车的警笛声。伴随着多普勒效应[2],声音从大马路径直向这里靠近。

"喊,怎么是条子?"

内藤的反应很快,他喷了一声,轻松抱起昏迷的同伴夹在手臂

---

1 冲激:"impulse",指一种持续期极短的信号,电压(居多)或电流的一种无方向的短暂突发。——译者注

2 多普勒效应:当声源与观察者相对运动时,声源与观察者互相接近则观察者听到的音调将升高,声源与观察者互相远离则观察者听到的音调将降低。——译者注

下，一言不发地撤退了。

目送着黑社会们风一般地离去，我终于回过神来。无须细想我也知道自己的身份非常危险。现在院子里乱七八糟，衣服上都是泥。被盘问一句就全完了。

我慌忙想躲进据点，却又因为着急而记不起大门密码，差点就要输入"HOMEALONE2"了，赶紧取消。随着警笛声越发响亮，音调逐渐升高，我对多普勒博士的恨意也逐渐强烈。

没想到警笛声在我们的据点前消失了。我战战兢兢地回过头，一辆暗红色的面包车停在那里。或许是便衣警车，看不出什么车种。车顶上是一盏闪光的回转灯，就像戴了顶尺寸不合的帽子。

正当我在思考被盘问时该用什么借口时，一位不速之客从面包车的驾驶座上下来了。

"上车吧，三之濑小弟。他们马上就要回来了。"

"五嶋先生，为什么你会在这里……"

五嶋就像在等着这句话一般，露出了他的标准表情。

"该是上场表演的时候了。"

2

大约五年前，当我还在NN Analytics的时候，我所在的组被称为"一川组"。在工作之余，我们每周会举行一次论文轮讲。

某次，其中一位组员野口讲解的是一篇优化相关的论文。

与参数优化算法相关的论文通常会涉及一些难懂的数学计算。例如收敛性分析、凸性条件的弱化等，有些PPT就连主讲人自己恐怕也没能完全理解。一片压抑的氛围中，九头突然举起了手。

"PPT前一页里的公式错了吧？"

来了！总是被压着打的我终于有了反击的机会。因为这条公式引用于我读过的一篇论文，而且不是什么arXiv的野鸡论文，而是切切实实某位著名学者发表的国际学会论文。甚至有被ICML[1]录用。上面不可能有错误的公式。

我拿着原文的附录对九头进行了反驳。说实话，要是能将他一军，就算是借别人之手我也认了。但回答我的只有一声叹息。

"看好了。"

九头在白板上写起了数学公式。他手里的笔行云流水地飞舞着，不到十分钟就完美地证明了自己的论点。不管看几次，推演的过程都无懈可击。说到底，只是我自以为自己理解了罢了。

九头说：

"我还以为你起码是个能当'鸡头'的人呢。"

迟钝如我也马上反应过来，他指的是那天我们谈及的"鸡头凤

---

[1] ICML：是 International Conference on Machine Learning的缩写，即国际机器学习大会。如今已发展为由国际机器学习学会（IMLS）主办的年度机器学习国际顶级会议。——译者注

尾"的话题。

这件事没能让我长脸，甚至也让九头失望了。但在那之后又过了两个月，九头就离职了，又过了一周就传出了那篇论文订正内容的消息。

这是常有的事，算不上什么悲剧。恋人和至亲没有死去，房子没被烧毁，家里也没破产。只是有点丢脸罢了。不过是放在电影里会被删去的冗长的一幕。

但在那时我再次深切地体会到了一点：我的脑子是无法创造出"Sunny"的。

把我吵醒的，是《偷拐抢骗》[1]的电影原声和五嶋哼歌的声音。醒来时我发现自己正坐在面包车的副驾驶座上。五嶋选了一条黎明时车流也很多的路，看样子打算从四郎丸眼皮子底下溜走去其他据点。

五嶋大致收拾了一些据点里的东西，车后座堆满了没封口的纸箱。包括各类身份证明、放着钻石的保险柜和笔记本电脑以及二手平板电脑。衬衫等衣服也按价格从高到低塞进了箱子。服务器实在是太大了搬不动，但昂贵的SSD、GPU都拔出来带走了。

我找到自己的手机和护照后，问了一个理所当然的问题。

"你是怎么从四郎丸的事务所里逃出来的？"

---

1 《偷拐抢骗》：2000年在美国上映的喜剧电影，讲述了各路黑帮抢夺一颗86克拉钻石的故事。——译者注

五嶋露出了惊愕的神情。

"我可没被抓啊。"

这次轮到我震惊了,就像被狐狸施法戏耍了一番。但现在五嶋就在眼前,他说的话应该是真的。

也就是说,当时只有我一个人被单独抓起来审问?上当了。害我白白紧张还撒了谎,品味了一段四郎丸等人营造出来的毫无意义的紧迫感。

"那,你从九头那里逃走了?怎么做到的?"

五嶋尴尬地挠了挠脸颊。

"呃——你不会生气吧?"

"大概。"

"老实说,我是在三之濑小弟你开枪之前跑的。"

"……欸,战斗之前?"

"总觉得气氛很危险,所以……"

我一下子泄了气。当时的情况看上去是对我们有利的,五嶋的直觉可真敏锐。

"啊,但要是你赢了我肯定要回去的,然后随便说两句'只赶上了最后一幕没能给你加油'什么的。"

更加失礼了。

"反派必须是利己主义者哦。"

从分散风险这一点来看,五嶋的选择是正确的,从结果来看也确实救了我一命。我没理由指责他，也不想这么做，只是痛感自己与这个男人之间的差距。

总觉得心里放下了一块大石。五嶋的能力是一流的，虽然外表轻浮，但内心时刻在冷静地纵观全局，选择能力范围内最合适的手牌。和我这种顺势而为的人完全不同。

五嶋和九头、四郎丸一样，属于"有天赋的人"，没有我在也能干成事。还说要救他呢，是我得意忘形了。

"三之濑小弟，关于接下来的计划……"

"关于这个……"

同样的话我已经说过一次，不需要鼓起勇气。

"我不干了。"

五嶋瞥了一眼我的表情，意识到这不是开玩笑之后，把车停在了便利店的停车场。

"在剧情走下坡路的地方辞演是要干什么？正要到精彩的场面呢。"

"这可不是电影，我差点就被杀了。"

"是因为被我抛弃，正在闹别扭吗？"

"你的判断很合理，我没意见。所以我也要采取合理的行动。"

一只戴着银饰的手臂搭上了我的肩膀。五嶋带着他标准的坏笑说出了他的标准台词。

"我有一个能让四郎丸大吃一惊的作战计划，一定能拿下全美票房第一名。"

"我没兴趣。"

"俗话说一不做二不休,你都走到这儿了,还要吃No-free-lunch定理的白饭吗?"

"都说了,No-free-lunch定理不是指……"

"是否认了万能算法的定理对吧?就算是海蛇的技术,也一定会有漏洞存在。你不想揭穿他吗?打算带着这个疑问进坟墓吗?三之濑小弟,你能忍住吗?"

我无言以对。正如五嶋所言,从今往后,我吃饭的时候、洗澡的时候、上床睡觉的时候,都会不断思考着海蛇技术的原理。他是怎么夺取轿车的控制权的?怎么操控无人机攻击我的?但就算我得出了正确答案,也没机会验证它了。

别想了,忘掉这件事吧,你能忍住的……

我把飘远的意识拉回来。总是这样,每到关键时刻,"我"就会擅自做出行动,因此屡屡失败。因为顶撞一川而丢了工作,因为说出抢劫计划而染指犯罪。在击落CBMS的无人机时也是,走错一步就必死无疑,还被五嶋唆使着对四郎丸的钱出手。和海蛇对峙时也是,要是能忍到拿到汽车的数据之后再动手,说不定就能成功了。

所有的行动都不合常理,令人难以理解,与纯粹的统计学智慧相去甚远。我也差不多该学会控制住自己了。

"我可不会着了你的道。"

"别逞强了，三之濑小弟，你逃不过自己的天性的。所以才选了这条道路。"

"瞧不起人也有个限度吧？我已经被利用得够多了，我不是你雇的演员，拍电影的游戏你一个人去玩吧。"

或许是没料想到我会反驳，一瞬间五嶋惊讶了一下，但又马上展开反击。

"注意你的表达，三之濑小弟。我们的关系可不是压榨，这对双方都有好处的。"

"好处？明明家务值班表上面全都是我的名字。"

"我也有……那个，负责暖场啊！"

"没人拜托你干那种事。"

"你的这种立场就有问题，完全没有为人际关系付出努力。要和三之濑小弟你聊得开心那可是人间地狱啊！觉得烦了就开始加快语速，觉得神经质了就开始随便应付。我不如和手机聊天更有心灵相通的感觉。"

"那当然了。因为最新版本的iOS系统把语音合成中情感向量的估算方法——"

"吵死了！"

我正打算解释移动端环境下生成模型语音合成的基础，不知道为什么五嶋一把抓住了我的下颚。他确实用了不小的劲儿，以至于我有十秒钟说不出话来。

"我可是花了上亿日元买下了一个讨人烦工程师的命。"

"那我要是已经没用了，你要灭口吗？"

墨镜后的双眼眯了起来。五嶋转身下车，打开副驾驶座的车门。

"不错的提议，但我没有时间也没有工具。你随便去哪儿吧，四郎丸会帮我善后的。"

我恭敬不如从命地下了车。太阳已经完全出现，投下的阳光像在问责那些生活在阴沟里的人。

"先跟你说吧，五嶋也不是我的真名！"

身后传来毫无意义的自白，但我没有回头。

回过神时，我正走在一条不知名的商店街上。可能刚刚跑过，从侧腹和肺部传来朦胧的痛感，我感觉自己仿佛在梦游，一切都发生在别人身上。

接下来该怎么办呢？

我的脚步逐渐变得迟缓。被放逐到意识之外的生理性疼痛正沿着神经注入我的身体。逃走之后会发生什么？

尽管现状比参加五嶋的计划要好些，但我还没完全脱离眼前的危机。手机的GPS显示这里是山口县。已经到本州地区了，但从五嶋的口气来看，还处于四郎丸的势力范围内。

我们原来拟定的逃亡计划是远走高飞去越南，因此我手头有护照，遗憾的是机票在五嶋那里，想再买一张也没钱了。早知道应该要求他分账的。

我既没有藏身的门路,也没有发现追兵的嗅觉,真是走投无路。因为厌恶自己的不合理性而采取的行动最终却成了不合理本身。

人类一旦形成了某种习性,便很难戒除。走投无路的我选择先登录SNS,虽然这一举动不能解决任何问题,但我想用一些无聊的情报把脑子腾空。这时,我收到了一条消息。

> 找到你了。

带着威胁意味的文本下附有一张男人的照片。男人看起来很寒碜,弓着背,身上脏兮兮的,看着像握着一把刀走夜路的人。这是我的照片。

有人在看着我!

顺着脊背而上的恐惧感促使我回过头。然后——

"好久不见。"

我似乎有某种才能,总能在毫无防备的时候遇见不想遇见的人。

"你还活着呢,三之濑。"

给我发来照片的是前同事八云,一名留着茶色短波波头,活泼得不像这个年纪的女性。今天可能是去拜访顾客,她穿着西装打着领带,比平日上班还要正式几分。

八云也就算了,算不上"不想遇见的人",问题在于另一个人。

"真是令人惊讶,竟然在这种地方和你再会。"

一米八左右的身高,背挺得笔直。有着在健身房锻炼出来的体魄,充满智慧和自恋的络腮胡。他就是NN Analytics的总技师,我和九头的前上司,也是CBMS之父——一川。

被八云的气势所压倒,我在反抗中被拖到了一家甜品咖啡店里。店里百分之九十都是女性,正当壮年的一川和我这个阴暗的家伙非常显眼,何况我们还坐在窗边的雅座。对于希望避人耳目的我来说,这个状态令人坐立不安。一抬头就和一川四目相对很难受,八云坐在我身边也很难受,我感受到一种无法逃离的压迫感。

再加上,眼前的芭菲也很有压迫感。芭菲堆得高高的,就像在嘲笑三十厘米长的尺子,简直是一座甜味积木。

从昨天起我就粒米未进,现在确实处于能量不足的状态,但这杯芭菲还是有点太多了。我拿着像韩式筷子一样细长的汤匙,不知道该从哪里下手。一川像是察觉到了什么,微微一笑。

"没关系,钱我会付的。"

或许他只是想表现出一名成功男性的潇洒和体贴,但我其实吃不来生奶油。说到底如果一川想表现得体贴,为什么不事先问我想吃什么呢?

"承蒙款待。"

八云点头致谢,于是我错失了拒绝的时机。我小心翼翼地舀起一勺芭菲送进嘴里。太甜了，还不如吃红豆年糕罐头呢。

"话说啊，三之濑你最近在干吗？完全没看到你发近况，消息也都不回，我都在心里给你举行过葬礼了。"

"抱歉，最近比较忙。"

"嗯——算了，看你还活着就原谅你啦。"

八云大大方方地点头，我不由得对她道了个歉。在NN Analytics时我是比她早进公司两年的前辈，年龄也更大，但说话时不知怎的上下级关系就会倒转过来。在公司时她还会对我用敬语，但现在……

"记得你老家在关东，是转岗到这边了吗？"

"只是来旅游而已。老师你们是来这里做什么？"

一川手里的勺子停顿了一刹那。

"像之前一样叫我'先生'就可以了。"

"三之濑，现在'老师'可是禁语。"

八云凑到我耳边悄悄说。是在综艺上被一通抨击，"老师"成了一川的心理阴影吗？我们是不是做得有点过了？一川清了清嗓子。

"我们要和中电合作。虽然八云一个人也能应付，但那边有干部出席，我们也得派出职位更高的人。"

"公司被当成烫手山芋大加批判了呢。"

八云说，一川点头表示赞同。

"就是。在全国直播里出糗实在是太糟了，不仅伤害了CBMS的名声，也影响到了我的个人品牌。"

我暗自决定绝不询问损失的金额。一川自嘲地笑了笑。

"三之濑你也看了吧?真是杰作啊。"

"我录像了。"

大腿传来一阵疼痛,是八云掐的。不是很确定,年长的职场人时隔数年后再会,这样的亲密程度是OK的吗?

"三之濑,你可真老实。一川组里面只有你和九头两个人我不想让你们去见客啊。"

一川竟然把我和那条疯狗相提并论,这让我很是意外。八云用力点头也让我很意外。

"不过那件事也让我受益匪浅。我明白了,我们不过是半个张僧繇而已。"

见我面色讶异,八云马上搜给我看。张僧繇原来是成语"画龙点睛"的由来,他是一名画家,给画出的龙点上眼睛,龙就会直飞上天。

"先导者执笔,技术人员制作颜料。当笔和颜色搭配得分毫不差时,画出的龙就会飞上云端。但分工非常困难,画不出够大的龙,就抓不住人们的心。但要是画出了大得超过自己能力范围的龙,就没有足够的颜料为它点睛了。"

一川似乎想说CBMS是画出的一张大饼,但用了一种迂回的说法。

"我们也到了该吸取点教训的时候了。"

他从自己的大牌包里抽出一本软装书。

"读一读这本岩川新出版的书《专业人员还是梦想家？一川由伸的工作论》吧。定价致敬了我的名字，一千一百一十一日元。对习惯阅读电子书的朋友，我会推荐这本书的电子版。"

书的封面上印着双手抱胸笑得灿烂的一川，还有用白色笔签的漂亮签名，避开了他的笑脸。我把这本书直接递给了身边的八云，八云又递给了邻座的两名女白领。两人看上去很疑惑，但还是收下了。大概知道一川是个名人吧。

"这个拿到网上拍卖不知道能卖多少钱呢？"

八云说。明明是提醒别人，自己倒挺起劲的，我心想。一川瞬间变了脸色，但马上恢复职业微笑，对女白领们招了招手。

他吃完最后一口芭菲，突然说道：

"三之濑，你觉得自我进化型AI是错误的吗？"

说实话这是一句令人惊讶的发言。在NN Analytics时代，一川从未向下属征求过意见，他总是站在引领和煽动的位置，让下属为自己脚下铺路，他就是这样的职场人。

从八云呛住这点来看，一川的人格并未发生变化。不管他现在是什么样的心境，我的结论是不会变的。

"宣传自我进化型AI为时过早，它们还不能像人类一样掌握抽象化的概念。就算用少量学习数据让它们进行线上学习，也只能得出些闹着玩的局部解罢了。"

"你的回答和四年前一样。"

"因为这四年并没能解决这个问题……但是……"

我斟酌了一下用词。

"我觉得这条路并没有走错。"

没错,不过是为时尚早。不是现在,但总有一天会实现,这就是我的认识。

"那,如果我说这条路就要被封死了呢?"

"我不太明白您的意思。"

"《个人信息保护法修正案》。"

我听过这个名字,一川在新闻里反复批判过这个法案。和五嶋相遇那天他给我看的电视节目里好像也出现了这个名字。

"呃——是'对包括视频图片在内持有一定规模以上个人信息的企业,要求需申请政府指定认证机构许可的制度',对吧?"

八云一边用手机搜索一边解说。

以ISMS为代表的传统信息安全认证方式很大程度上依赖企业的自主裁夺。而这套法案制定了一个由政府机关直接监察的特殊认证制度。

我大致理解了。如今社会对个人信息保护的意识比较淡薄,以SNS为主要业务的大企业通过各种方式获取用户的个人信息,积极收集多模态数据。而那些没什么觉悟的中小企业,有的就连交付业务相关的顾客数据时都会用普通的文件共享服务。现在欧盟已经在尝试通过法律限制进行介入,日本也想模仿这一手段为国民鸣响警钟,这并不是一个错得离谱的方向，但……

"这部法律有些危险的地方。"

一川对我的话点头赞同。

"没错。看上去就是常见的为了挖一个萝卜坑而做的准备，实际上问题很复杂。这是一个'由某一机关挑选大数据企业'的制度。"

一川的语气激动起来。

"企业对大数据的处理方式有问题是事实，但是否提供个人信息应该由用户自己来判断。企业承诺在获取数据的同时提供相应回报，用户接受并表示赞同，这样的关系是很重要的。我不赞成由某一机关实行统一的认证体制。"

"但这里写着执政党内部意见也有分歧，八成人希望否决该法案哦？您是不是有点担心过头了？"

八云盯着手机屏幕问道。

"那可不是，实际上表决结果更偏向通过，不，比我们想象的更不利。"

一川用余光观察着周围的情况，压低了声音。

"执政党那边的反对派核心议员，被某位棘手人物抓住了弱点。"

"核心议员？"

"芝村胜利，你们应该听过他的名字吧？"

我猜自己没能藏住慌乱的神色。不仅仅是听过，我刚刚因为他的钻石差点儿被杀。如果一川口中的"棘手人物"就是四郎丸，如果那颗钻石里有什么秘密……一切都串起来了。

"要是芝村议员倒戈向赞成派，形势就会一下子逆转。他将作为功臣中的一员参与认证机构的建立。"

"等等。"八云插嘴问，"那个芝村议员现在被操控了对吧？那，如果背后的'主人'把自己手下的学者之类的送进认证机构担任干部……"

"……他就能将日本的大数据收入囊中！"

这句话虽然是我说的，但依然令我震惊。要是平时，我会当作无聊的阴谋论一笑置之，但这些出自一川之口。

如果"棘手人物"就是四郎丸，我不会觉得奇怪。他说过，他要制定规则，自己手握缰绳。那就是他的行事风格。

四郎丸如今就连在自己家里也要提防着赌场警察，对他而言，启用个人认证筹码的AI技术就是眼中钉，没有了那个，六条洗钱只需要三十分钟就完事儿了。

限制数据收集，限制AI，抹去博多作为实验都市的作用，创造出一个理想的洗钱设施，这就是四郎丸的目的。

丰富的数据和AI的实验环境是无可替代的财富。本来日系AI在资金上就比其他国家落后一步，要是数据收集也陷入停滞，将被其他国家遥遥领先。不，这样的说法还是太温和了。

"你懂吧，三之濑？日本的AI，可能再也爬不起来了。"

话题的宏大让我有些目眩。不久前我还因为四百万日元的贷款差点儿被拆开散卖（委婉说法）。令人难以置信的不只是我的遭遇，还有九头竟然参与了这个计划的事实。他不想做出机器人"Sunny"了吗？

"为什么要对我说这些？"

"只是吃了些生奶油，嘴滑了而已。另外我想，这些信息对三之濑你可能有用。"

有用？这些社会黑暗面和国会的事，对我这个无业游民有用？

难道一川已经察觉到了吹笛人的真面目？的确，我有动机、有技术、没有不在场证明，但生活在货币经济中的全人类都有动机，技术也是开源的。吹笛人上电视时挡着脸，他手里应该没有能断定吹笛人是我的情报。我不过是嫌疑人之中的一人罢了。

但一川和芝村议员共同参与了博多赌场的实验都市计划，有些门路。他可能借此得到了什么情报，顺藤摸瓜找到了我。靠一川的门路知道吹笛人的现状也不奇怪。那他出于什么目的告诉我这些？想让我动摇吗？无论如何，答案只有一个。

"您想错了，我已经不做AI工程师了。"

一川端着咖啡杯皱起眉头，像听到了什么荒谬的故事。

"你真是没什么开玩笑的才能呢。"

"比工程师的才能要好些。"

"还以为你是个口才和实力不相配的男人，没想到你竟然有自知之明，真令人惊讶。"

"我成长了。"

"原来如此。"

一川将咖啡一饮而尽，就像在快进一部看腻的电影。他拿起小票，站起身来。

"你说自己录下了吹笛人事件的综艺对吧？"

"嗯，怎么了？"

"回去再看一遍吧。虽然可恨，但那条龙确实飞上云端了。"

说着，一川拿着小票走了。他付钱也付得很潇洒，仿佛忘了这是一家女生浓度百分之九十的咖啡甜品店。

"一川先生走了，八云小姐你不追上去吗？"

八云没有回答我的问题，反而扔来一句令人意想不到的话。

"三之濑，你没被卷进什么奇怪的事件吧？"

生奶油似乎呛进了肺管，我咳嗽起来。和一味暗示的一川不同，八云很直接。她把纸巾递给我，接着说道：

"看到三之濑你啊，我就莫名其妙地想起了自己的表哥。"

"表哥？是什么样的人？"

"嗯……没什么出息的人？"

看来是一个失礼的话题。八云开始用吸管的包装纸吸水。

"我表哥想当电影演员。他很努力，除了演戏之外还学了脚本和舞台相关的知识，也学了格斗技，听说还考了不少证。但奇怪的是那个人自尊心很强，明明没什么名气却总轻易拒绝自己不喜欢的工作，事务所也不喜欢他。"

我脑子里浮现出了那个光头男。无论是什么职场都会有这样一个难搞的人物。

"但因为他擅长一些旁门左道，讨得了大人物的欢心，一度混到了某部大制作电影的角色。"

"白白拿一份儿大活儿，这不是挺成功的吗？"

"要是真那样就好了。那部电影的导演叫木下浩二，被称作黑泽明再世，是个大人物，他没有妥协……在现场被批评了。据说导演说他只靠一张皮活着，只会说大话，活得太浅薄，没有真实感什么的。"

这能把人骂抑郁吧。要是在普通企业，马上会因为合规问题遭到处罚，幸好这样的风气还没发展到艺术领域。

"结果他们大吵一架，我表哥也辞演了。因为违反了合同规定，他被事务所开除，整个人如行尸走肉，在奇怪的地方借了钱，又被可怕的人追杀。我们家也支援了不少钱……真希望他能别上我家了。"

要是列一个添麻烦亲戚排行榜，这应该是一位名列前茅的强者吧。和我那昏了头去参加期货交易的父母不分伯仲。

"到最后，他说了些莫名其妙的话，什么'说我缺乏真实感，那就让真实来靠近我'之类的，第二天晚上就逃跑了。"

八云一边摆弄着膨胀的吸管包装，一边讲述着自己悲惨的家庭环境，但她看上去并没有生气。这就是亲情吗？

"在那之后我没再见过他。每年他会寄一封邮件，这些邮件全都来自不同的地址，他绝不会在信里自报家门，也不会告诉我们他的近况。"

我知道八云很辛苦。我知道，但……

"你的这个表哥，跟我完全相反不是吗？"

我并不想成为演员，也不擅长什么旁门左道。要说有哪里相似，不过是和上司吵架，还有因为贷款而失踪罢了。况且我只是半失踪。

"嗯……为什么呢？可能因为你看起来漫无目标，就像断了线的气球，或者说靠本能活着……你们俩要是遇见一定很合得来。"

因为数据不足，统计学上不显著，但我猜不会。

"不说题外话了。三之濑，你要不要回来我们公司工作？"

我又吃了一惊。

"我们准备在印尼建子公司，今天的单子也是打算向那边提出委托……总之，我们需要人手，尤其需要男劳动力。"

"我好像不太属于男劳动力的类型。"

"三之濑你不说话冷着脸的时候挺好的，像那种不知道什么时候就会制造炸弹的类型。"

这可不是冷脸，是罪犯的面相吧。与其说面相，不如说就是罪犯。

"工程师能走的路可不只有机器学习这一条。你的能力做PG（程序员）或SE（系统工程师）也绰绰有余吧？"

八云将我的沉默视为同意，开始说起计划的细节，包括业务内容、工资和补贴、工作条件、工作相关规定、当地的住所、自然环境等，除去工作地点在海外这一点，其他条件都和我当初在NN Analytics时一样甚至更好。

"我已经跟一川大老师说过了，你的实力已经得到认可，各方面我们都很欢迎，而且当地公司的人事权掌握在我手里。"

"可我的辞呈都已经被挂在公司内网了。"

"你说什么？"

八云一脸惊讶，看来我又被九头摆了一道。在六条、四郎丸、九头、五嶋他们面前，我总是挨打的那一个，人类的思路真是难懂。

"喂，怎么样，要不要试试？不如明天一大早就飞过去？"

无须思考，这是从天而降的美事一桩。虽然当初是被胁迫，但对我这种参与抢劫运钞车，还对黑帮的钱下手的人来说，真是想也不敢想的事了。当一名普通人，过着普通的生活。要是我马上远走高飞，四郎丸也鞭长莫及，虽然可能被警察抓住，那就到时候再说吧。犯罪的确是事实，我就老老实实上法庭好了。

客观来说，八云是非常爱照顾人的性格。有这样一个上司，我一定能适应新职场吧……虽然心情可能没有当吹笛人时那么兴奋。

"嗯，那我就愉快地接受了。"

"愉快！咦，原来你还会愉快啊，三之濑。"

很过分的一句话，但看着八云灿烂的笑容，我一句牢骚也说不出口。八云以迅雷不及掩耳之势打开了手机的录音软件。

"来吧，对着麦克风再说一次。我很高兴能和八云一起工作，快点。"

"这是做什么?"

"我得留下证据,不许你找托词。因为你可能突然就打退堂鼓了。"

这样一来就能溜走了。只需要一句承诺,就能从这场无聊的闹剧里脱身。我松了口气,但脱口而出的,却是一个令人始料未及的词。

"……证据……"

证据。破解者[1]们侵入系统的第一步通常是对日志记录器进行破坏或篡改。留下系统日志可能暴露自己的犯罪手段,或成为犯罪的证据。但我们被海蛇袭击时,车内的日志是正常记录状态,EDR的运行没有异常。为什么?

等等,怎么偏偏现在想到这些?

九头是个完美主义者,他预见到车体会被警察回收,甚至连被篡改过的EDR记录都没留下,让EDR正常运行,一切显得像一场单纯的事故。也就是说,以海蛇的手段,没必要对它进行篡改。

反正你肯定找不到正确答案的。不是已经认识到自己才能的贫瘠了吗?

EDR记录下的是来自汽车硬件的事件信息,上层——驾驶辅助功能等——信息受载体容量和输送速度的影响,不会被保存,这一切都指向……

---

1 破解者(Cracker):那些通常通过网络侵入别人系统的,或者是破解计算机程序许可的,以及有意地破坏计算机安全的人。——译者注

饶了我吧，快停下！

与我完全相反的另一个"我"不断思考着。将信息集中，结构化、EDR、行车记录仪、电磁波、扭来扭去的机械蛇，拼图还差一块，只要能把空缺的部分补上……

"喂，三之濑？"

远处传来呼唤声，我没有理睬，掏出手机开始搜索九头的论文。真是可恨的丰功伟绩，为什么这么优秀的技术人才会屈居人下当四郎丸的走狗呢？简直难以想象。

……找到了！

其中一篇论文像带有重力，将我的视线吸引了过去。

Cocktail Party Filtering（《基于鸡尾酒会效应的过滤器模型》）。

这是九头在G公司工作时发表的一篇论文，内容与嘈杂环境中的语音识别有关。这篇论文被顶级会议中尤其重视理论的NeurIPS所采用。

我读过这篇论文，它与单纯的实验论文不同，对论点的理论支撑和实践验证都做得很缜密，结构可以称得上范本。在丰富的数据基础上，实现了当时全球最高精度的街头语音识别。

系统破解和语音识别，这两种乍一看毫无共同点的技术在我脑中杂糅，合而为一。

对了，如果这么做！

"喂，三之濑。喂——"

我回过神，发现八云的手在自己眼前挥舞。

"抱歉，八云小姐。这个，我，那个……"

我找不到合适的词汇来表达，一切都很混乱，不可能有纯粹合理的解释，因为这些都是我随意猜想的。

"我有一个假说。"

"不好意思，完全听不懂你在说什么。"

"我需要验证它。"

"……你的意思是你改变主意了？"

"抱歉，我得走了。"

杯子里的芭菲还剩下九成，我站起身来。但八云端坐在靠过道的位子上没有动。

"你真要拒绝这个美差？之后肯定会后悔的哦。"

"我已经在后悔了。"

我们对视了几秒，先败下阵来的是八云。我朝她鞠了一躬，逃也似的离开了。

"啊——要是当时没录下来就好了。"

我走出咖啡厅时把门口的风铃碰得叮当乱响，玻璃门上倒映出八云挠着脑袋的样子。

找到五嶋没花多大力气，因为马路对面就停着一辆熟悉的车。他似乎在我毫无察觉的情况下一路跟了过来。

我跑过去敲敲驾驶座一侧的车窗,五嶋转过脸去。我又敲了一次,他吹起口哨。我再敲了一次,他总算不情不愿地摇下车窗。

"啊——那个,怎么了?"

五嶋罕见地有些支支吾吾,是肚子不舒服吗?他低着头,声音闷闷地,垂头丧气地说:

"刚才那个……应该说是以牙还牙?我只是想把这个搭档的名额用掉而已……手机也不会跟我聊电影的观后感,院子里的树之后我会帮忙打扫和修剪……"

"你在展会上拿的名片,还在吗?"

五嶋拿开墨镜,认真端详着我的脸。他清清嗓子,摆出灿烂的笑容,像一开始就料到会变成这样。

"你看,我说过你逃不掉的吧?我已经全看透了。"

"名片呢?"

"啊,嗯。有,有的。"

3

四郎丸的势力范围不仅限于博多,别说普通的个体店铺了,就连加盟便利店也有他的眼线,当然,房产公司也是。

我们避开追兵的耳目,找到的新据点是一处位于破烂公寓里寒碜的两室一厅。勉强能容下两个非亲非故的男人。这里的地板踩起来嘎吱作响，浴室也很小。

因为没地方放服务器，我们手头备了两台游戏本，余下的算力只能交给云服务器了，尽管知道这样做有风险。

反正过的也是日复一日扑在集成开发环境（IDE）和控制台上的宅家生活，不管服务器实体在哪儿，能否无需柔韧性就让自己脖子以下都泡进澡盆里，我们要做的事只有一件，那就是调查对手的技术，思考对策。时而看看五嶋给我播的电影，吃掉剩下的辛子明太子。

"我们要打击赌场。"

过上逃亡生活的第五天，深夜十二点半刚过，五嶋便如此宣布。他挺起胸膛，张开双臂，尽可能在这个只有六张榻榻米大的房间里最大限度地展现自己的威严。

"为什么？"

"在回答你这个问题前，先让我们整理一下情报吧。据一川老师所言，某位不受欢迎的人物抓住了芝村议员的弱点，想通过《个人信息保护法修正案》掌握全日本的大数据。"

"是的。"

"而不受欢迎的人物日本代表队队长四郎丸正在寻找芝村的钻石。也就是说，芝村议员的弱点应该与它有关。"

五嶋随意从口袋里掏出两颗钻石，把它们扔在桌上。

"根据我的调查，这颗钻石是某种存储介质。"

"存储介质？里面有电路吗？"

我盯着钻石看，里面没有一点杂质，就是一颗平平无奇的人工钻石。

"我想起技术展的事了。当时有一个介绍钻石精加工技术的展台对吧？"

我记得好像确实有个打着"原子级精密加工，钻石衍射光栅"口号的展台。

衍射光栅是类似棱镜的存在，能将光分解为光谱。主流的光栅用玻璃或硅制成，而当时的展台宣称能以低廉的加工成本打造出更为实用的钻石光栅。

"激光的波长转换是衍射光栅的典型用途，当然除此之外还有其他的用法。芝村钻石的开发者使用它另有目的。"

"另有目的？"

"你用它透过阳光看看，就像在瞻仰古埃及秘宝一样。"

我把钻石放到窗外照射进来的一缕阳光下，随即，它在我膝上投影出了七彩的图案。

这是……

那些对此一无所知的人就算看到了投影也不明白其中的意义。这个投影并不非常美丽，也没什么趣味，一般人大概只会觉得切割工艺有些奇怪吧。

但我记得这个图案，这是拉普拉斯滤波器，和CNN第一层的演算内容可视化后呈现出来的样子非常相似。

"我懂了，这是卷积运算！"

卷积运算指的是将函数g向函数f平行移动并叠加求和的演算。将几个分光器组合在一起也算一种物理上的卷积运算。当然，它们有参数，能保存情报信息。就算单个分光器表现力有限，通过卷积运算就能让复杂度实现爆发性增长。钻石的化学性质稳定，不会因为受热或受损而导致信息缺失，还能伪装成普通宝石。

放在光下就能提取出信息，真是浪漫的存储介质。

"之前鉴定师说这颗钻石的切割工艺就连富二代阿姨们的眼睛都骗不过，这也是当然的。毕竟它要吸引的对象不是人。"

如果钻石是存储介质，问题就在于它的内容。说到议员的秘辛，十有八九就是些丑闻吧。再加上对方不惜要将它藏在金库里，范围就更小了，那一定是对某个特定人物来说是证据也是武器的东西。

"里面是秘密账本之类的吧？"

"应该是。芝村和博多赌城之间一直有些带火药味的传闻，要是账都被记下来了，确实是一个致命弱点。"

对博多赌城有着重大影响力的执政党核心议员的弱点。原来如此，我明白四郎丸为什么比起六条的借款更重视这个了。

"但仅靠我们手头的东西是没法完成它的。"

单个钻石投射出的图案是单调的，要让它投影出肉眼可以理解的信息，估计需要八个以上钻石排成一列，形成一个合成函数。

"剩下的钻石在Central Bay博多。"

五嶋断言。

"上个月，芝村事务所似乎遭窃了，但他们没有报警。"

"失窃的是钻石吗？"

"没错。事务所戒备森严，罪犯却轻易突破了他们的防范措施。"

对海蛇而言想必易如反掌。

"要是把剩下的钻石从赌场里偷出来，就能将四郎丸打个措手不及。"

"当然，钱我们也会拿走。"

"但你为什么能断定钻石在赌场里呢？有没有可能放在四郎丸自己家里了？"

"没有。把赃物放在身边风险太大了。从安保的强度和令芝村难以出手的角度来看，赌场的金库是最优选择。我手里也有些证据，就不细说了。"五嶋继续说道，"说极端点，或许四郎丸从一开始就在背后帮助吹笛人。就算是被逼急了，小小黑帮也不能这么轻易决定去抢运钞车吧。"

我正想反驳"六条先生没提过钻石的事"，又闭上了嘴。恐怕四郎丸给六条下的指示是"把金库里所有东西都偷来"。如果他不想让六条发现钻石真正的价值，很有可能这么做。再怎么用贷款加以威慑，六条毕竟还是个黑社会，对他的野心有提防也正常。

"目标已定，接下来就是惯例的作战会议了。"

五嶋从架子上抽出两副VR眼镜。我照他说的戴上后，昏暗的视野中逐渐开始出现暖色，构成了一个空间。

这是Central Bay博多的大厅。我们买通赌场的客人们，用他们偷拍的图片进行了3D重构做出来的。这个特别的空间里四周是敞亮的大窗和高级装潢，聚集了盛装打扮的绅士小姐们……实际上，因为照片都是用低画质单反拍的，只能判断物体的大小和距离。部分中年男性的建模材质紧贴在柱子上，看起来十分瘆人。

"我们十一天后行动。"

五嶋用后背挡住黏在柱子上的中年男性，说道。

"怎么有零有整的，那天要举行什么活动吗？"

"四郎丸会邀请张夫人到这里来。"

张夫人？

"表面上她是个凭借投资新兴IT企业而发家致富的女强人，年龄不详。实际上她是澳门黑帮的老大，在中国加强对赌博业的管控前常年掌管着当地赌场。传言张夫人手里还有Super ZZ流通的门路。"

我听过这个传言。Super ZZ应该是一种新型假钞。

"四郎丸打算让假钞在自家赌场里流通吗？"

"在把博多变成洗钱设施之后，用这些假钞来粉饰太平吧。其实从几周前起他们已经开始零散地进行提前交易了。张夫人来当天，Central Bay博多的金库里应该会塞满未经验钞机检验的假币。"

和那场赌局一样，又是老虎嘴边拔毛的做法。这样一来，警方就不可能掺和进来。反之，我们也不可能指望警察救命了。

"如你所知，我们的目的是钱、人气和大银幕。首先要偷钱，顺便把赌场金库里剩下的钻石也都偷出来。"

"然后你打算把他们的秘密曝光给大众媒体对吧？"

"没错。话虽如此，道阻且长啊。"

挡在我们面前的是以九头为首的大牟田安保系统。

"他们管那个系统叫'人机'对吧？"

"嗯，这个系统规模只有CBMS的不到百分之一，却靠着人机配合取得了优势。毕竟一个赌场里就有八百个以太网摄像头和二百四十架无线充电式无人机，再加上约四百名警卫三班倒地二十四小时巡逻，算上待命的那些人数就加倍了。警卫浑身上下也都是些电子产品，他们穿着薄款的动力辅助服，手里还有带辅助瞄准功能的手枪。但最可怕的是这个。"

五嶋戴着VR手套在半空中敲了敲，我手边就出现了一副AR眼镜。或许因为是从电子目录中提取的数据，物品分辨率要比大厅的装潢高得多。

"这是带摄像头的AR眼镜，能自动检测出近似黑名单顾客的人并投影到屏幕上。"

这功能虽然麻烦，却没有罕见到需要特意拿出来说的程度。有国家在2010年后半年就已经将这种能自动检测罪犯的AR设备投入使用了。就算不动用对抗样本，只需调整灯光就能降低检测成功率。

或许是看出我有些失望，五嶋做了个戴上眼镜的手势。随之，

AR眼镜翻了过来。我发现它的背面有些特别，不仅外侧有摄像头，就连内侧也有。

"这是视线……和表情检测功能？"

"回答正确。人机最大的武器就是实时自动打标功能。这副眼镜会基于使用者的视线和表情，对警卫关注的人物进行打标。只要被几个人注意到，你就会正式成为嫌疑对象。"

AI将每个个体感受到的细微违和感进行收集和整合。真是理想的智慧统一体。

"补充一下，赌场里的警卫大多是军人或者曾在私人军事公司干过的，是这方面的专家，轻易骗不了他们。"

"专家"二字沉甸甸地压在我肩上。在工业物联网领域有一个日本特有的名词，叫作"专业技能继承"。指的是在曾处于大众市场的高龄技术人员退休后，利用IT技术弥补技术空洞的方法。

我也曾多次尝试过使用AI去模仿、概括匠人们的知识，但一般手段都行不通。对稀有数据的检测能力、摄像头设置上的限制、触感和气味等传感器无法感知的信息、判断标准的可阐释性……每个障碍都让我深感人类智慧的莫测。

无法计算的人类智慧，对AI而言一直是伟大的先导，也是强大的障壁。

"如果说CBMS崇尚的理念是自我进化，那么人机的理念就是他我进化。"

五嶋说。

"不是超越人类，而是吸收人类的知识实现进化。最终产生的将是媲美行星梅德尔[1]的怪物。"

这段推销堪称完美。要是五嶋出面宣传，人机系统和CBMS一样成为一棵摇钱树也不奇怪。他有这样的能力。

"三之濑小弟你要是鲨鱼电影里的鲨鱼，一切就非常简单了。"

说着，五嶋打了个响指。眼前的景色骤然转换，我们来到了喷泉前的入口。我感到有些晕眩。

"我们的第一个考验就是进入赌场。入口处当然有警卫在虎视眈眈，后门也一样，不过不用担心。"

五嶋的眼睛闪闪发光。

"鲨鱼既不需要扫脸，也能把警卫给吃掉。"

"是吗？"

鲨鱼能在陆地上走是什么常识吗？我都不想吐槽了。

"第二个考验，是穿过大厅。"

五嶋弹了一下手指，随之，周围的空间再次发生了改变。这里是博多最大的赌场大厅，以红色、金色和木质纹理为基调。在这个不知是日式还是中式的空间里，四下散布着老虎机、转盘、扑克、花牌、巴卡拉纸牌等赌博用具。3D重构的各种桌子前挤满了低分辨率的客人。环绕着大厅的低分辨率水池里有低分辨率的锦鲤在游动。

---

[1] 松本零士作品《银河铁道999》里的登场人物。——译者注

整体来看分辨率极低，视野也很差。只有一点我能确定，那就是有不少中年男性都跟柱子融为了一体。

"成功潜入后，要想靠近金库就必须穿过这里。"

五嶋打算换个看不到中年柱男们的角度时被什么绊了一下。大概是红豆年糕汤的空罐子吧。

"听好了，赌场里的荷官和侍者们耳朵里都戴着小型摄像机，被任何一个人看到自己的脸就完蛋。另外，要想穿过电子门去到笼子里头，还得突破两名持枪警卫、四架带电击枪的无人机和四台监控的重重包围。"

"真是棘手啊。"

"没什么，不过是面部识别和火力问题罢了。对鲨鱼都不奏效。"

我的头开始痛起来了。

"第三个考验是金库本身。"

五嶋说。周围的景象没有变化，看来还是没能拍到金库周边。

"金库的门是用钢铁定制的，进门需要指纹识别、虹膜识别和静脉识别，只有指定人物才能通过。当然四周一直有手持机关枪的警卫。但鲨鱼的牙齿能撕碎一切，所以也不成问题。"

"原来如此。"

我点点头，也开始觉得当鲨鱼真好了。

"最后的考验，是带着钻石和约四百千克的纸钞沿着我们拼死闯过来的安保系统往回走。只要来到港口，就是我们的天下了，因为鲨鱼是海洋生物，没理由输给区区海蛇。就算美国海军来了我们也是无敌的。"

"我会记住的。"

"先说好，四郎丸会死，九头也会死，反派全部都会被鲨鱼吃掉。那些四处招摇的家伙、小混混、富二代坏蛋也是，只要有点讨厌的基本都会死。"

"原来如此。"

"你只需要小心炸弹。鲨鱼虽然挨多少发炸弹也没事，但如果扔进了嘴里基本马上就死了。不带火苗的煤气罐也会害死你，还有，根据剧情需要你可能会突然变弱，大喊祖国啦，失去家园的市民们爆发出来的潜力啦，这种爱国爱家系剧情也会害死你。"

滔滔不绝地说了一通后，五嶋问我："你有什么问题吗？"

"我有两个问题。"

我举起手。"请讲。"五嶋点名。

"如果对手是爱国爱家系的好混混，会怎么样？"

"略处下风。"

"那，如果我不是鲨鱼电影里的鲨鱼，只是个普通人类的话，会怎么样？"

五嶋又打了个响指，我们被传送到了正门玄关前。

"在这里就会完蛋。"

"感谢您的解答。"

真想把这个任务交给十来个好莱坞明星去办。而且，刚才五嶋所说的只是攻略人机系统的部分，他无视了最大的难题——海蛇的存在。简直是不讲道理又莽撞的想法。

"不如我们还是把芝村的钻石毁掉更快？"

"我说过好几次了，这是不可能的。"

我如实提出了自己的意见，果然没能得到令人满意的答复。

"你别小看四郎丸，他一定会把露出破绽的敌人变成自己的傀儡。就算我们把芝村的钱藏起来，也不过是让自己缓刑几年而已。说不定他手里还有备用的钻石呢。"

所以，由我们亲手把他送出舞台是更好的选择，这就是五嶋的主张。原来如此。虽有道理，但……

"我能听听你的真心话吗？"

"毁掉钻石也太土太不'电影'了。"

听到这样的回答，我放心了。我对五嶋的认知没有出错。我们摘下VR眼镜。

"那，让我听听你够电影的计划。"

五嶋提出的想法被我进行了彻底的否定。我提出了一个借助AI技术解决问题的详细方案，五嶋则从资金和实现的可能性角度进行了吐槽。你来我往的提议与修改进行得很顺利。

当我们把所有主意都想尽时，已经是凌晨四点半。虽然有些疲惫和困倦，但我感到非常畅快。最后计划百分之八十的内容都已经改头换面，我相信它是有进步的。

"好，就这样吧。你还有什么问题吗？随便问，别让自己留下遗憾。"

五嶋进行了总结发言。但我已经没什么需要说的了。有些细节还需要现场调整，主要内容已经完成了。非要说哪里有风险，也就是对海蛇的计策太过随意，但这也不是一朝一夕能解决的问题。

因此，我问了一个愚蠢的问题。

"五嶋先生，你不是有讨厌的悬疑电影吗？"

"你说的是《绝不要跑》？"

"那部电影，是木下导演的作品？"

"……没错，所以呢？"

原来如此。我的假说得到了证实，这样一来很多事就说得通了。我感觉自己终于理解了五嶋算法的冰山一角。

"没什么。不说这个了，十二点半怎么样？"

五嶋皱起眉头。现在想来，我在和他的对话中还是第一次先发制人。

"低音炮使用守则，重低音只能开到晚上十二点半。"

"莫名其妙，不过OK，条约成立。"

我们用汗津津的右手互相握了握，离银幕已经很近了。

4

直到什么时候为止，我还在天真地相信自己是有才能的呢？起码当我厌烦了愚蠢的同事，离开NN Analytics时还是相信的。

从客观事实而言，我——九头，是一名极其优秀的技术人员和研究者。

我毕业于世界首屈一指的大学，师从最厉害的教授，作为研究者也积累了许多成绩。进入公司后也没人能赢过我，当我还是新人时，已经没人能从技术角度给我提意见了。

所以，在跳槽到G公司时，我毫不怀疑自己一流的能力。而如今……

位于博多市闹市区一角的清本大楼是一栋完完全全的商住楼，没有半点当地的风情。有些地方没有商铺，打扫也马马虎虎，走廊和楼梯角落里积了一层厚得惊人的灰。我不知道这里有什么公司，也不想知道，时而传来像瑜伽教室上课的声音，但也仅此而已了。

我要去的是位于四楼转角处的房间，不过是一个家居出租公司的办公室而已，每周一早上六点我都会来到这里。要说来这里的目的，我的回答是：保养项圈。

"不管见了多少次，你的脸都令人难忘啊，海蛇。"

那张极具冲击力的烧伤脸说道。他当然是四郎丸。朴素的灰色办公桌、多得惊人的固定电话、还停留在Windows10版本的电脑，还有许多隔板……在这个没有任何特点的公司里，这个勉强能分辨出是接待室的房间中坐着四郎丸。玻璃桌上放有茶点，他就坐在皮沙发上。从阴影中泻下的朝霞，在这个无机质空间中描绘出条纹状的模样。

看来今天的保养格外用心。

"别急，坐下喝口茶吧。有个老客户拿了些茶点来，吃一个怎么样？"

"抱歉，大牟田警卫说我们这没有弹性工作制。"

"公司那边我会打好招呼的。"

站在入口附近的内藤把胸脯挺得格外高。我虽然不怕这种肌肉怪物，四郎丸威胁的意思也不容忽视，看来我踩到了老虎的尾巴。我有足够的自知之明。

"那我只喝绿茶就好。我一天摄入的卡路里是固定的。"

我在皮沙发上坐下，自己动手往杯子里倒茶，又把四郎丸少了一点的杯子倒满。四郎丸把这杯热气腾腾的绿茶一饮而尽，表示自己没有下毒，又或许是表示自己不怕烫。

我轻轻端起茶杯。

"吹笛人逃走了。"

"……哦，是吗。"

我故作平静地回答，却没能控制住手的反应。绿色的水面上漾起的波纹没能逃过四郎丸的眼睛。

"听说我们的人在即将进入他们据点的时候被条子赶走了。但我跟警署的熟人确认过，那个点既没有警察出动也没接到报警。应该是小团伙里那个叫五嶋的家伙所为。"

我将茶杯凑近嘴边，一边食之无味地啜饮茶水，一边小心推测对方的意图。

"你觉得这是海蛇的过失？"

"别这么紧张，我没有要责备你的意思。提前给你安排了其他工作，我也有错。"

看样子四郎丸说的不全是假话。那天我干掉的司机是组织里的叛徒，他偷走了部分"药"，并掺进其他东西鱼目混珠。当时我同时做了暗杀和逮捕两件事，没理由被责怪。

再加上前几天的工作其实是在给别人擦屁股。要不是六条放走了钻石，我也没机会出场。

"虽然相遇是场不幸，但我们很投机，应该能成为好朋友。"

"不敢，没想到您还有给朋友戴上项圈的兴趣。"

我感到身后的内藤动了，但四郎丸用眼神制止了他。

"毕竟给蠢货戴也没什么意思，这一点我承认。"

四郎丸脸上的烧伤抽搐了一下，像是想做出亲切的表情。真不愧是我认识的人当中性格最恶劣的男人，说得真是光明正大。

"所以，我很在意你的一些小烦恼。你的同事佐竹很担心你，说你最近样子有些古怪。"

我脑海中浮现出人机开发组技术主任那张胖胖的圆脸。佐竹是个只会拖我后腿的蠢货，比起技术，他更重视组织那套理论，靠向多数派献媚体现自己的价值，是个浅薄的家伙。不过是能在沙坑里玩喷壶而已，就误以为自己很聪明了。

"我会控制药量的。"

"加大药量是四个月前的事了，你开始变得举止可疑是在吹笛人事件之后。"

我无法从他的微笑和深陷的双眼中读出任何信息。以前我曾经开发过一套通过顾客表情推测他们情绪的系统，还好当时没把这家伙放进测试数据里。

"前几天你未经上司许可就去了技术展……做什么了？"

"只是休息一下。也没看见什么特别有趣的展品。"

这是一个赌注，如果三之濑供出了展会的事，四郎丸对我的疑心就会更重。但即便如此，也不至于到要将我灭口的程度，海蛇还有利用价值，在吹笛人逃走后更是如此。

但四郎丸只是说了一句"这样啊"，就换了个话题。

"听说那个AI宅是你之前的同事。"

"你觉得我看在同事情谊上放水了？"

可笑的想法。要是这样，放跑的就不是五嶋而是三之濑了。

"别说得这么生分嘛。我并没有怀疑你，单纯是关心一下你的心理状况。"

"我要是说单纯感到恶心,你会生气吗?"

"单纯的内藤会。"

说着,四郎丸越过我的肩头向后看去。不用回头我也知道,内藤正打算一把揪住我的脑袋。

四郎丸喷了一声,像在安抚一条不懂事的狗,然后用粗糙的手打开了茶点的包装。里面是沾满白色粉末的豆馅糯米饼似的东西。

"刚上初中没多久的时候,我养了一只鹦鹉。那是一只虎皮鹦鹉,我叫它小幸。小幸很聪明,能分清早上好和晚上好的用法。"

我试图将面前的老人想象成一个天真无邪的孩子,但马上放弃了。

"有一天,我放学回家时看到不知从哪儿来了一只小麻雀,正停在鸟笼上,和小幸相互应和着。"

"真是温馨的一幕。"

"我一开始也这么想。但看着忘了学舌,只顾鸣叫的小幸,我竟然感觉到了嫉妒。真令人羞愧,我把那只小麻雀赶走了。"

四郎丸巧妙地把沾满粉末的茶点送进口中,没有抖落任何一点粉末。他的吃相甚至能上吃播节目,跟他的长相一点也不相配。

"自那以来,小幸就开始用头撞自己的笼子。我剪掉了它的飞羽,也教训过它,但都没有用。它不断重复着'再见''再见',一直撞着笼子,没两周就没气儿了。"

四郎丸啜饮着茶水,顿了一会儿才说。

"多么悲伤的故事啊?"

不必说我也明白,这是在敲打我——别想从鸟笼里逃出去。

"海蛇的话,会用更能掀起别人好奇心的比喻。"

"确实,你是个聪明人,比鹦鹉更聪明。"

四郎丸说着,把一片橙色的药片放在桌上。看来话已经说完了。我一把抓过那个药片站起身,瞪了一眼内藤让他退开,伸手握住门把手。

"对了。作为你的老朋友给你一个警告,吹笛人还会再来。你小心点吧。"

"我们还是减少药量吧。"

"我已经给过你忠告了。"

四郎丸轻轻挥了挥手,看来是不打算考虑我的忠告。这种不屑一顾的态度让我再次充分意识到了"笼子"的存在。

我在水泥中四处爬行的日子已经过了两年。

我知道,自己已经不再是孤独一人。毕竟每年四亿日元的研究费用,在里社会只能算是小孩子过家家。要是哪个比我更有才能的家伙因为同样的遭遇也堕落至此,我随时会被代替。

所以我没有将发现的技术告诉任何人,谁有意见,就用结果让他闭嘴。守口如瓶的代价是被指派了一些肮脏的工作,但这也不算什么。和"那个"被公之于世相比,杀人不值一提。

强烈的阳光让我的瞳孔不自觉地收缩，我才发现自己已经走到了大楼玄关处。眼前一下子变得开阔了。蓝天下是弥漫着油烟味的脏兮兮的街道，电线上蜷缩着两只小麻雀，它们不停地跳来跳去，嬉闹着。

四郎丸的忠告一针见血。的确，我看到了些不该看的东西。

看到吹笛人的瞬间，直觉告诉我——那就是三之濑，那个没能成为"鸡头"的男人。

真有趣。这提醒了我。三之濑利用CBMS系统的过拟合从危机中脱身的瞬间等，无不令人拍手称赞。从21世纪10年代后半期开始，人们就在不断研究对抗样本的危险性和对策，但没有一个能在实践中取得这样的成果。他们的手段对我而言比任何电影都有魅力。

真想马上把那家伙叫过来追根究底地问个清楚，用于算法学习的数据是从哪儿来的？电源是从哪儿拉的？探路模型用的是什么算法？虚拟空间和现实之间的差距是如何校准的？

网上安全相关的机器学习社群一下子炸了锅，每月投稿的论文中有三成都提到了吹笛人的名字，电视台拍摄了吹笛人特辑，SNS也舆论四起。我投身于那个旋涡，被吞没其中。

某天早上，冲动之下，我把手枪塞进嘴里扣动了扳机。意外的是，里面并没有装弹。

麻雀们叽叽喳喳地叫着什么，又突然间飞走了。鸟儿并不知道自由为何物，却常被当作自由的象征。它们拥有宝贵的自由，却用来在垃圾箱里寻觅面包屑。

低级生物能飞又有什么用？

低级生物就要做低级生物该做的事。整体优化不需要不知天高地厚的行为。

这个国家的AI已经没有希望了，只会看股东脸色行事的大企业的背后，迟钝的政客们集中，追究原因在哪已经太迟。这个曾奠定深度学习基础、产生了多层感知器概念的国家今后只会不断衰落下去。

吹笛人站在这艘不断下沉的泥船甲板上，为了一时的优越感进行了无聊的炫技。跟平时的三之濑一样，他并没有理解问题的本质，在浅滩里掀起点风浪就沾沾自喜。

好吧，和共事时一样，让我多教你几次，直到你理解为止。天才是无人能敌的。

来吧，吹笛人，我把主角的位置让给你来表演，哪怕是离谱的即兴演出，我也会大发慈悲地宽恕你。这些我都没兴趣，但你们终将发现，最终执笔的人会是我。

5

我们度过了一段每天紧赶慢赶的日子，终于迎来了计划实施的一天。

果然，我……也就是三之濑这个人的本质就是一个没什么胆量的小市民，永远习惯不了行动前如坐针毡的感觉。我感觉心脏紧缩，脸颊痉挛，止不住地发抖。

我坐在赌场里的板凳上，一只手端着咖啡，另一只手玩着手机，担忧自己有没有成功混入人群。总觉得不管是个人认证筹码上的摄像头也好，来回巡逻的无人机也好，被夕阳染成紫色的天空也好，都在监视着我。

"这就是恋爱啊，三之濑小弟，你已经爱上了刺激的感觉。"

我无视五嶋的话，盯着手机上的远程摄像App。

无人机传来的影像中，两个男人正坐在咖啡店的露天座位上喝着浓缩咖啡。其中一人头发剃得短短的，像是东亚人，另一人留着长发，像是东南亚出身。男人们脚边随意扔着一个旅行袋，看上去好像疏于防备，其实旅行袋上装有防盗扣，只要和他们的距离超过五米，手机就会收到提醒。

澳门黑帮在运钞的时候比起公文包更青睐旅行袋。旅行袋里塞着的钞票杂乱无章，不容易出现只有上层是真钞，下层是报纸的情况，出现意外时也能更快处理掉。

我上调了麦克风的指向性和敏感度，开始偷听他们的对话。

"我的兄弟，我的母亲心情好像不太好。"

"哎，难道你在VIP室里还想优雅吗？"

"Central Bay 的工作人员质量非常差。再降低成本，就会衰落。"

"母亲，我的母亲和以前一样。酒店的最低级，我也很快乐。"

"你要是能用钱,在哪里都快乐。你拿着其他人的钱,也快乐。"

"没错。"

我有些疑惑,翻译质量太差了。虽然基本能弄懂,但有明显违和感。

"真奇怪。我听说中文相关的数据很多,翻译精度也更高来着。"

"这是上海话。张夫人虽然在澳门身居高位,其实出生于上海,所以她的部下里也有很多上海人。"

看我敷衍地应了一句,五嶋皱起眉。

"多点敬意吧,五嶋小弟,和中国人做生意需要敬意。"

总觉得在哪儿听过这句话。看来在治安良好的地区,居民们表达自豪的方式都一样,但他们不是犯罪组织的成员吗?

五嶋从我手中拿过手机,操作无人机飞到张夫人那里。

"上海是个国际化都市,上海人都很开放,英语也好,当然标准普通话也能说。只是……"

五嶋对着手机说了什么,无人机用流畅的中文开始介绍旁边的移动老虎机。

"说上海话的人,会更受欢迎一点。"

我虽然听不懂,但从翻译效果来看,是用上海话在介绍。男人们闲来无事,开始玩起了老虎机。

"该工作了。"

五嶋用手边的平板电脑开始操作另一架无人机。那是一架悬浮在他们背后,举着小纸灯的气球状无人机,价格昂贵但速度和动力却很低,好在不会发出声音。无人机用机械臂将旅行袋打开一个小口,往里面塞了一个装有假钞的塑料袋。其中一个男人转过头,但气球型无人机一脸无辜(虽然并没有脸),装作一盏灯的样子飞走了。

"轻松过关。"

看样子即使是来自黑社会,对人类气息极为敏感的男人们也还没优化到能感知无人机的地步。

晚上七点刚过,短发男戳了戳专心注视着老虎机屏幕的长发男。长发男发了几句牢骚,恋恋不舍地抱着旅行袋站起身。因为是无现金支付,所以不需要结账。

他们要去的是博多最有人气的赌场——Central Bay博多。配备有电击枪的警卫们穿行在盛装打扮的游客中间,以不放过任何一只老鼠的密度进行着巡逻。虽然没有举着自动步枪,但他们腰上挂着的手枪会与动力辅助服的姿势矫正功能联动,准确射杀目标。就算枪法拙劣,连开几枪也肯定能射中,但能一击必杀是最可怕的。

这些负责揪出罪犯的警卫们却对张夫人的手下视若无睹。

"他们真的会径直走到柜台吗?"

"别担心,张夫人和四郎丸都不是傻子,能直接参与假钞交易的只能是信得过的部下。他们一定会去二号柜台,并在约定好的时间进行交易。张夫人准备的Super ZZ和我们塞进去的'假'Super ZZ将在善解人意的老员工的手中,不经过任何验钞机被送往地下金库。"

"然后这些假币会一点点被发给小额消费的顾客，再散播到全国吗？"

"要是没有吹笛人在的话。"

五嶋打开一台二手手机，拨打了119，并用右手盖住麦克风附近降低噪音。

"喂，对，是的。很紧急。虽然只是个小火灾，但这个地方有点特殊。嗯，火源是在……"

五嶋瞟向我，抛了个媚眼。

"是在Central Bay博多的地下金库。"

就这样，战争的导火索点燃了。

6

关于我——四郎丸这个男人，有一个误会需要解释清楚。

我其实并不是黑社会。虽然被称为"博多的黑幕"，但没有任何证据表明我和暴力团伙有什么联系。当然，我也不记得自己雇佣过海蛇这种可怕的杀手。我的过往毫无污点，简历也像它看起来那样没什么不可告人的，家庭情况也不错。我就读于名门高中，大学学历，还有不少企业家和政治家朋友。

那么，该怎么称呼我呢？有钱人，还是企业家？不，都不对。

我是一名玩家。但我对那些小屁孩们拿着手柄像猴子一样上蹿下跳的行径毫无兴趣，高级、擅长暗示、能够掌握并改变规则、手握缰绳的人才能取得胜利。我爱好有格调的游戏。

决定一个游戏是否有格调靠什么？当然是赌资。像番摊牌如此美的游戏却不如扑克受人重视，只是因为没有金钱交易而已。

因此，我把钱都投在了游戏上。

位于十八层由五星级厨师监修的VIP专属餐厅，将没有户籍的小孩整打散卖也买不起的窗帘、椅子、桌子、灯饰，讲究的法餐，单价超过二十万日元的盘子，不知道洒了什么东西的不知名拌菜，彬彬有礼的服务，窗外博多的夜景，乃至"人机"系统，全都是为了表现游戏格调的舞台布景罢了。

而现在我的对手是澳门黑帮的老大，张夫人。

"本餐厅的招牌菜，您觉得如何？"

"嗯，不算差。要是你不多说这句废话的话。"

委婉地说，张夫人是一位年龄不详的妖艳美人；不委婉地说，她就是典型的整容成瘾。那些拿着黑钱的女人最终总会走上同样的道路，这是其中一条。

这么有光泽的肌肤，一定要花不少钱来维持吧。毕竟她走进我的商务套房后立即买了十台香薰加湿器，每天晚上都请疗愈师服务，还打算开始练习高温瑜伽。

今天，张夫人终于到了带着一个巨大吸氢机进房间的地步。当听说我那价值四百万日元的波斯地毯被香薰精油弄脏时，我立即解雇了当时的清洁工。

算了,这些愤怒也是游戏趣味的一部分。

"关于这次的交易,我不希望你把它想得过于乐观。"

张夫人擦了擦肥厚的嘴唇,用流畅的日语说道。

"我自己也能用刀叉,为什么非得把蛋糕分你一份儿呢?"

"您真是严格。"

我苦笑道。但我明白,这不过是在谈判,那张浓妆艳抹若无其事的面孔下,隐藏着她贪婪的本性。

张夫人通过自己的门路,购买了价值可与国家预算相媲美的Super ZZ。但这批假钞的主要流通路径——东南亚地区的货币兑换所,开始引入AI技术,验钞机也换了新品,她的假钞开始用不出去了。

如今Super ZZ已经骗不过大型兑换所和银行,他们想把假钞花出去,只能找日本当地的小规模银行、邮局和其他各种零售店。为此,他们需要人脉广、影响力强、了解当地情况的日本组织。

从资金和规模来看确实是对方更胜一筹,但张夫人的"手牌"太多了,"pass"的机会也所剩无几。黑桃4在我手上,这就让你变成我想要的样子。

"但现在您可以轻松拿到四亿日元的定金。不是吗?"

"的确,冒着生命危险。"

说着,张夫人不悦地瞪了头上的可动摄像头一眼,尽管这里的摄像头与个人认证筹码并无关系。

"你好像没完全理解,我补充一下。这场交易本身就已经是预付的报酬了。"

张夫人用哄小孩的语气说道。她大概是想挑衅,但这对手里握着黑桃4的对手而言只起到了反效果,甚至让人觉得有点可爱。

"你需要做的可不只是提供一条销售假钞的路径,比起这个……"

"我需要保证计划完成,对吧?"

张夫人点点头。

"不必担心,《个人信息保护法修正案》一定会在本次国会中表决通过,到明年这个时候,这里的赌场就是你们家后院了。"

"听起来,你们的目标是芝村老师?"

她的视线停在我的脸颊和口边。很抱歉,这时候我可不会慌乱,这点信息被刺探到也很正常。

"那位老师说话的确有分量,不过被甩后还紧抓着男人的袖子不放,是不是有些丢人了?"

"紧抓政治家衣袖的时代已经过去了,现在是项圈时代。"

"项圈?"

这次轮到我观察对方表情了。果然,张夫人对钻石的事一无所知,优势在我这边。我故意压低了声音。

"我手里有他过去三十年的内部账本,不管发生什么都能检举他。"

张夫人微微一笑。看来我稍微得到了一点信任。

"如果你说的都是真的，那我们的聊天还有点儿价值。"

无妨，这些马上就会实现——只要我抓住那几只连牌桌都上不了的小鱼，马上。虽然他们逃到了本州，但住处我已经大致锁定了，只需要最后抓住他们的尾巴。

和张夫人你来我往地拉扯了几次后，一名男侍应生端着一个装有手机的小盆走了进来。

"抱歉打扰几位用餐。四郎丸先生，您的电话。"

电话来自没有脑子的内藤。不让自己的馊主意破坏了游戏是件好事，但他未免也太不动脑子了。或许是受前几天闯的大祸影响，近来鸡毛蒜皮的小事也要拿来一个个请示我，否则就不敢行动。

我向张夫人行了一礼，离开座位。

"什么事，内藤？我正在聊生意。"

"非常抱歉，Boss，有一件十万火急的事。"

"怎么，张夫人的吸氢机爆炸了？"

"不是爆炸……刚才，地下金库好像着火了。"

"着火？你说金库？"

我啧了一声。看来是真的"火急"。这要是什么俏皮话，我非得把他狠揍一顿不可，但内藤没有那个脑子。

为什么偏偏在这么重要的时候发生麻烦？我揉了揉眉间。一定不能让张夫人产生担忧。

"火源是什么？"

"不清楚，但烟很大，监控摄像头都看不清了。"

是纸币的油墨，钱着火了。我又啧了一声。

"什么时候能扑灭？"

"赌场消防队似乎已经到后门了。"

金库里的纸钞被分别存放在各个金属的小型保险柜里，每箱价值六千万日元，应该不至于有点火星子就烧起来。然而，我的手牌确实在一分一秒地被烧毁。

交给消防队是最好的选择，但现在金库里放着十三亿张夫人的Super ZZ。万一这件事败露，就不只是谈判失败这么简单了。

……不，等等。说起来……

"内藤，是你让他们报警的？"

"不是。"

"还有谁知道这件事？"

"'人机'管制室的家伙，还有金库管理员。"

大牟田警卫的IT负责人都是些优柔寡断的书呆子，金库管理员不过是能开枪的狗。我在抽牌时特意选了那样的人，就算本来不是，我也将他们调教成那样的人。如果规则不明确，游戏就不成立。

报警的不是自己人，那还有谁？说到底，地下金库里真的有火种存在吗？不管是钱还是钻石都不会自己着火。如果说是谁用了什么手段下的绊子……

我想起了前些天海蛇的忠告。

是吹笛人吗？

真是得来全不费工夫。吹笛人把钻石带来了，这是得到张夫人芳心的最后一个条件。纵火这一手虽然干得不错，但还是有疏漏，不过是有点狗屎运的小反派，这次他们找错人了。

"别把事情闹大，就说是弄错了，让消防队回去，你们自己把火扑灭。听懂了吗？别把局外人惹来，让张夫人抓到破绽了。"

"知道了，Boss。"

"还有一点。让人机跟着那些消防员。"

"啊？这到底是为什么……"

我对内藤的愚钝感到无语。像他这样，到底要过多少年才能上得了牌桌？

"吹笛人就混在他们中间。虽然不知道用了什么手段，但这场火灾也是他们所为。"

内藤倒吸了一口气。

"海蛇也给我用上。这次要是再让他们跑了，你知道后果吧？"

"……是，在下谨记。"

王牌自己送上门来了，马上就会落到我手中。

我对自己在胜负一事上的运气强劲感到有点兴奋，若无其事地回到座位上。张夫人正跷着腿，百无聊赖地喝着红酒。

在我看来，这场下午茶不过是消化比赛[1]罢了，胜负已定。在我拿到钻石前，局势应该不会再有变化。可能会讨论一下真假钞的兑换比例，但看样子张夫人在计划成功前不会松口。

"我能抽一根吗？"

没等我同意，张夫人就从怀里拿出了卷烟。我用目光制止了准备动作的侍应生，递上打火机。张夫人缓缓地吞云吐雾，将烟圈吐在价值十条人命的窗帘上。

"您抽烟啊。"

明明对美容那么狂热——竟然把这句话咽回去了，真想夸夸自己。

"不行吗？"

"不不不。但在房间里抽烟时请多加小心。"

"哎哟，你该不会告诉我商务套房禁烟吧？"

"那怎么会呢！本赌场致力于为所有还在世的顾客实现他们的梦想。但有时可能发生万一。"

"万一？"

真是迟钝得令人不知如何是好，她不会不知道氢气是可燃性气体吧？

"那类设备是严禁靠近明火的。要是您的美貌有损，对我来说也是莫大的损失。"

---

[1] 消化比赛：棒球比赛中，冠军已经确定之后进行的无关痛痒的比赛被称作"消化比赛"。——译者注

张夫人挑了挑眉。

"所以说,你指什么?"

……怎么回事?

一种许久未曾感受过的情绪向我袭来。很奇怪,她的反应不像是在装傻,也不是谈判,这是她的真心话。

冷静。最糟的情况下,即使那些家伙真的用了我想的那个手段,他们自己送上门的事实也不会变。他们别想瞒过赌场里几千台监控和警卫们的眼睛。

然而,心里的恶寒却挥之不去,是焦躁,还是后悔?

不,不对。这是……没错,这是抽鬼牌时猜错对方想法时的心情。

"不好意思,我离开一下。"

我从男侍应手中夺过手机,马上打给了内藤。那只平日里哪怕是丑时三刻,也会在响铃两声以内接起电话的狗,这次却让我等了快二十秒。

然后。

"喂喂?哈喽?我是您家的瑞恩·高斯林。"

吹笛人来到了我的牌桌上。

7

四郎丸是个完美主义者,他喜欢准备自己了解的游戏,集齐自己知道的手牌,熟知自己的对手——处于手握黑桃4的状态。

但这只是在一些发挥空间较小的游戏上。从完全掌握五子棋到完全掌握黑白棋需要花四十年，同样的，游戏越复杂，要取得完全胜利就越难。人类也面临着"框架问题"。

"喂，当心那个角！上去上去。"

"不……不好意思，没想到这么重……"

"这可是四郎丸先生最关照的商务套房，要是把房门弄坏了就抓你去喂鱼。"

尤其是消费社会的生活，要想一个人掌握全貌是不可能的。事业规模庞大时更是如此。

举个例子，四郎丸不生产超薄电视，赌场里配备的能根据人睡眠时的呼吸和鼾声调整空气状态的多机组空调、大楼最基础的环境集成平台都是从外部采购的。更别说上上个月他们还因为工资没谈拢，开除了负责擦窗户的清洁员，换了个外包公司。

而这正是吹笛人盯上的牌局死角。

"哈，总算搬上来了。"

"然后呢，他让我们做什么？"

"开封，然后启动。真是到处差遣别人……"

"嗯……插头在哪儿？"

死角里潜藏着各种各样的可能性。比如可能有某家考勤管理很随便的公司雇了个散漫的清洁工，而他可能在窗边装了一个蓝牙信号发射器。

根据法律规定，冷冻机或多机组空调这种商用的大型空调设备都具备数据通信功能，以检测冷媒泄漏，但这种物联网终端固件更新频率低，可能存在一些安全漏洞。

"喂、喂，这是什么？氢气都漏出来了？！"

"没伤到谁吧？夫人的愤怒要爆发喽。"

"你在说什么？我们会比夫人更早爆……炸……"

之后就是吹笛人的舞台了。他入侵家电的麦克风和摄像头，用之前那个音源识别按键记录器拿到了张夫人的密码，又登录她的账号购买了吸氢机。在那之后，吹笛人利用提前混入商品中的灭火器播撒催眠瓦斯（氟烷）。

"总而言之，三之濑小弟，我得说，泛在网络[1]万岁！"

"你用了总务省的口径。"

"啥？"

"总务省叫它'泛在网络'，经济产业省叫它'IoT（物联网）'，五嶋先生。这两种说法都很古老了。"

之后，我们踢破了吸氢机的盖子。

透过防毒面具看去，这个商务套房有点像美术馆里经营的超高级家具店。不是说它有什么厚重感或安谧感，而是万一弄坏了什么就会债台高筑。

1　泛在网络：来源于拉丁语Ubiquitous，从字面上看就是广泛存在的，无所不在的网络。——译者注

三名赌场工作人员躺倒在地毯上，这张地毯我好像在某个鉴宝节目里见过。其中一人勉强还有意识，挨了五嶋一记勾拳后也躺下了。

连接了人机系统的警卫们就是活着的电子设备，中央管理室时刻监视着他们的生命体征，没有任何可乘之机。但普通赌场人员身上只有耳朵里的小型摄像机。商务套房不能带摄像头进入，这是出于保护隐私考虑，也是为了避免惹张夫人不快。

辛苦了——我一边想一边脱下他们的衣服，给他们戴上了塑料拇指手铐。商务套房的隔音效果很好，就算这些人醒来也没事。

我穿上一件"借"来的白衬衫。这件衬衫是加大码，比平时大一码，今天却刚好合身。我又系好裤子皮带，领带打了一个绅士结，把背挺得直直的，都快把驼背治好了。

"走廊跟我们之前踩点时一样吧？"

先打扮整齐的五嶋用手机摄像头对准了门上的猫眼。虽然是个只能勉强看清客房服务人员脸的小孔，只要稍加处理，可见范围就会变得很大。

"能拍到套房入口的摄像头已经被关掉，保镖们也都睡着了。这里是安全的。"

看来张夫人……我们假扮张夫人下的命令已经生效。张夫人极度讨厌留下任何证据或足迹，这样做很正常。

要是摄像头还开着，我们就只能像《碟中谍》一样从窗户出入了。

"这里是商务套房。东西已送达，启动需要时间，请稍等一下。"

我对着手机说道，手机重复了我说的话。

"这里是商务套房。东西已送达，启动需要时间，请稍等一下。"

但听筒里传出的是赌场工作人员山中的声音。刚才两人发牢骚时，我把他们的声音都录了下来。对着耳麦播放录音后，马上传来了回复。

"这里是人机管制室。明白，尽快完成。地下金库发生了火灾，需要援助。"

我告诉他们会尽快赶到后，切断了通信。

"他们好像拒绝了消防队，就像五嶋先生预料的那样。"

"毕竟他们不希望外人进入那个放着假钞的金库啊。"

我们往Central Bay博多的金库里放入的假钞就是所谓的点火剂，它是用硝化纤维素制成的，也就是电影《天堂电影院》里引发火灾悲剧的物质。硝化纤维素从塑料袋里取出接触空气后就会开始氧化，仅需三十分钟就能引发一场小火灾。我们参考假钞样本，用3D打印机印刷而成。

因为材质不同，稍加观察触摸便能发现异样。但不用担心，没人会想到假钞里竟然还藏着假钞。

"这样我们作战的第一阶段就完成了。"

接下来，该如何突破重围进入塑料炸弹也炸不开的地下金库呢？答案就在这里。不是我们打开金库大门，而是让它为我们打开。所以我们在金库内引发火灾，让工作人员参与灭火，并装作前往援助的人员把钱偷出来。

"从发生火灾到现在已经过了六分钟左右,我们得快点了。"

我们通过控制中央空调往金库里输送了一些氧气,但也只是控制在不会被发现的程度。要是火被扑灭就什么都没了。天岩户[1]要关上了。

"我知道。不过以防万一,我想问一句。"

五嶋戴着手套握住了门把手,回过头来。

"不会出现'打开门那一刻门后是海蛇的秃头'这种情况吧?"

"如果我们的假说是对的,应该不会。"

根据我的推测,海蛇的技术受到某种限制,且需要时间做准备。说到底,要是真存在什么能引发"例外"的魔法,他都能称霸世界了,没理由堕落成四郎丸的小弟。

首先,海蛇只有在知道对方当前位置的情况下才能使用这种力量,否则在潜伏阶段我们就已经被干掉了。

另外,恐怕九头对自己人也没有透露过技术的原理,就算透露了,也只有他自己能用,否则九头没有理由亲自来到现场。

因此,在拿到足以将我们抓到手的信息之前,海蛇不会现身。

"你大概有多少信心?"

---

[1] 天岩户:日本神话中,传说素盏呜尊去到高天原后四处惹是生非,令天照大神愤怒至极,决定把自己关进天岩户里,令整个世界日月无光。——译者注

"你想知道吗？"

"还是算了。"

五嶋小心翼翼地打开了门。结论是百思不如一试，门外并没有可怕的秃头，只有一个质感酷似秃头的水壶。

我们穿过摆满了瓶瓶罐罐的安静走廊，避开电梯，顺着紧急疏散楼梯下了十二层。本来打算乘员工专用梯，但考虑到输入输出会被记录带来的麻烦还是作罢。

我们蹑手蹑脚地下了疏散楼梯，来到过道里，眼前突然变得开阔了。

"好刺眼啊。"

等着我们的，是博多最大的赌场大堂，这里的压迫感和VR影像大相径庭。每当装饰得富丽堂皇的老虎机发出声响，或者轮盘开始转动时，桌前的客人们就会仰天祈祷。虚拟筹码和卡牌在半空中交错飞舞，掷骰子的声音让人的感官变得麻痹，这里只有被煎熬的侥幸心理，隐藏在装模作样的氛围中。环绕着大厅的池子里游动的鲤鱼勉强算是点儿治愈。另外，这里的中年男性也没有和墙壁纹理融为一体。

"我感觉自己好像在一个欲望妖怪的肚子里。"

正如五嶋所言，这里仿佛怪物体内。一百二十台监控摄像头、三十二名警卫、无人机、荷官、侍者，所有人都戴着摄像头，属于人机系统的一部分。往前走两百米是带电子锁的大门，门前站着警卫。

再往前是金库，众人正忙于灭火。

这里的监视网细密得连一只蚊子也飞不进，没人能瞒过它的眼睛。人物探测模型藏在中央服务器里，也没法训练对抗样本。只要一个举动引起了些微怀疑，人机就会捕捉警卫的视线，锁定我们。这里虽然是个开放空间，但对吹笛人来说却是最大的障碍。

"这么简陋的变装要是能通过，我们都可以参选世界奇迹，跟摩西并列了。"

"我一直想知道……"

我坦白了自己的疑问。

"具体来说，阈值百分之几以下算是奇迹呢？"

五嶋挠挠头。

"要是我们还能见到明天，就到时候再定吧。"

随后，吹笛人消失在人机之中。

8

有点不对劲儿，我的游戏开始崩盘了。四郎丸的游戏必须是高格调的，完美的。只有我才能掌握正确的规则，理解游戏的本质，只有我才能操控这个游戏。

那天，我只是握着一张纸片，我只是把黑桃4藏在了手牌里，同班的女生就哭得眼睛都肿了，因为只有我理解了番摊牌的本质，才能体会到胜利的甜美。

这是怎么回事？怎么有老鼠爬上了这张高级牌桌，开始啃咬扑克牌了？

"被摆了一道。"

我踩着脚下万元大钞的燃烧灰烬，自言自语地说。不见了，四十亿日元的流水从地下金库里消失得无影无踪。所有的小型保险箱都被用工具粗暴地撬开，里面空空如也，只剩下灰烬、烧得焦黑的钞票和灭火器喷出的泡沫。

当初推销员夸下海口说能媲美避难所的这扇大厚门一丁点儿用也没派上。尽管已经接到报告，但不亲眼看见这一幕实在令人难以置信。

"非常，抱歉……非常……"

内藤一脸茫然若失，他那没用的身体失去了力气，跪坐在地。这家伙已经不想收集现场信息，也不想把握局势，只等着主人的宽恕。他害怕得浑身发抖，深感自己责任重大，比起领会现状，更多的是恭顺。虽然是我把他调教成这副目光短浅的模样，但看到他变得这么愚蠢，真是令人神清气爽。

我一边俯视着眼前像吉娃娃一样颤抖的大个子男人，一边给人机管制室的佐竹打电话。

"是我。情况如何了？"

"根据您的指示，已经把他们包围了。"

我是会在牌桌上花钱的男人，驱除老鼠当然也不惜代价。

发现异样之后，我立即联系了管制室，将装备武器的警卫们派往地下金库，与此同时，封锁了所有出入口。正面玄关自不必说，就连厨房后门、停车场、紧急通道也都有人把守，形成了一个连一只蟑螂、一片垃圾都飞不出去的包围网。

"然后呢？"

"一切正常。"

我压抑着颤抖的声音对佐竹说。

"技术专家的笑话还挺难懂的。"

"……非常抱歉。"

佐竹现在身上那件廉价衬衫应该已经汗湿，下巴的肥肉就像棉花糖一样变形了吧。光是想想就叫人不快。

"我需要的不是道歉，是说明。已经找到老鼠洞了？"

"是的，应该就是张夫人的商务套房。"

"侵入的路径也知道了吧？"

"他们假扮工作人员，借灭火的机会闯进了金库。又用催眠瓦斯将内藤先生和其他十名警卫迷倒，拿着钱和钻石逃走了……"

"就是这里。"

我一字一顿地说。从商务套房到金库必须通过赌场大堂，虽然我们为了不带给顾客压迫感做了各种调整，但还是有无数双眼睛在监视着那个地方，他们不可能不被摄像头拍到。

"从套房到金库这段路上，人机就这么让两个cosplay男过去了？还让他们带着四百千克的现金和芝村的钻石又原路返回？"

"……是的。"

"多么了不起的幻觉制造者。下个月把他们叫到大堂去表演吧，票房应该挺高的，说不定偷走的钱还能加倍赚回来呢。"

"哈，哈哈，哈哈哈……"

内藤抬头望着我的脸，扯着嘴角笑了起来。

"有什么好笑的？"

被我反问了一句，他像石头一样僵住了。

"非常抱歉，我没有任何借口。"

"不，你不能没有'借口'，发生的现象需要解释。吹笛人骗过了AI的眼睛，而我们的系统完全被他们的手段蒙混过去了，是吧？"

"这……这不可能！"

透过电话，我似乎能听见佐竹下巴的肉在颤抖。

"先不说个人认证筹码，我们可没蠢到泄露任何信息，让对方能够推导出人机的模型参数。他们不可能训练出对抗样本。"

"那你怎么解释金库空了这件事？"

"现在正在调查……但，但他们已经是瓮中之鳖，只要我们不放松包围，继续搜索，总会——"

我喷了一声。真是不像话。

"总会……算了。那你们就继续检查赌场所有客人的名字和脸吧，直到找到他们。到明天早上能找到吗？还是后天？还是一周后？"

佐竹又一次沉默了。出入口的封锁已经持续了一小时，时间太长会引起赌场警察的注意。要是无辜也就罢了,"有辜"的情况下被查到是最糟糕的情况。

"客房也给我查,服务员什么的都查,所有房间都给我查个彻底!"

我挂断电话,转过身。这个仅剩一具空壳的金库已经没用了。

我踹了内藤两脚把他叫起来,带着警卫走出金库,登上楼梯,穿过带电子锁的大门返回大堂,热烈而活跃的氛围扑面而来。看着这些轻浮的家伙们吵吵嚷嚷,虽然都是客人,我真想用烟灰缸砸烂他们的脑袋。

我向几名熟客点点头,快步走向人机管制室。我将亲自指挥,打出王牌的会是我。

"经理!有件急事。"

尖厉的声音让我回过头,只见主厨鸭田满脸喜色地递上一个银盘,里面放着大约八块白色的等腰三角形物体。

"上周向您报告过的,正在开发的新品——素食豆腐三明治。为了不弄脏夫人小姐们的裙子,酱料也进行了精心调制,味道就像白身鱼一般。请务必尝一口……"

我抓起一块三明治扔进了水池。水面毫无波澜,看样子鲤鱼们并不是素食主义者。

"你被开除了。"

说着,我把鸭田推到一旁。

9

我从未见过这么面无表情的五嶋，就好比在听一个陌生的体育项目冠军接受采访，又或是在看一段可乐逐渐没气的视频。

总之，他叼着三明治，一脸已经开悟的神情。

"干巴巴水乎乎的，没什么味道。有种无力感。真好吃。"

希望机器学习的数据里不要出现这种表达。

"这是怎么回事？"

我们事先已经约好，兑换货币的危险性太高了，不能换。

"一个垂头丧气的厨子给我的。这种情况下，吃点才不会把气氛搞得太僵吧？"

"……没让你花大价钱买下就好。"

"噢，No-free-lunch定理出场了？"

五嶋不会想把这个否定万能算法的定理拿来当自己的招牌梗吧？

我们换上西装，坐在休息角喝着红茶。豪华的地方就连沙发也豪华，稍微坐会儿就挪不动屁股了。能免费提供这样的服务，这赌场到底从客人身上压榨了多少啊。

杯子见底了，侍者便自然而然地靠过来，轻轻倒满红茶后行礼离去。他们耳机上配备的小型摄像头将我拍了个正着。我没有试毒，直接喝下了红茶。偷完四十亿之后红茶喝起来尤其……食不知味，温和的口感让我紧张得抽痛的胃感觉好些了。

现在四郎丸他们正拼命寻找始作俑者吧。

"不过，三之濑老师，我真得说，我们真绕了不少远路。"

五嶋把三明治撕开，递了一半过来，但我拒绝了。并不是讨厌三明治，而是因为他吃完第一块之后舔了手指。

"没想到你的目标不是人机，而是摄像头。"

现在是万物联网的时代，在将物联网——也就是IoT与机器学习相结合时，最令人头疼的是如何将边缘的小规模环境和大规模的中央服务器分开处理。

一般来说，无线摄像头的人物识别，通常是先在边缘环境中利用神经网络提取人物特征，再用特征向量与中央服务器进行比对完成的。

但人机系统为了将人物识别模型彻底隐藏起来，就连提取特征的步骤也交给了中央服务器。无线摄像头仅需将拍下的图像传送过去即可。这样做在安全层面虽然有优势，但也付出了巨大的代价。

因为与被特征量化的列向量相比，原图像要大得多。想在嘈杂的环境中进行人像比对，最起码也需要全高清级别的信息。光是客人的信息就要把带宽挤爆了，不可能承受住这么大的负荷。而混合环境经常出错，强行输入高比特率的图像就会变得像连环画一样一帧一帧，如同在用3G网看电影。对实时系统而言，这是一个不可忽视的缺点。

所以要想维持传输速度，警卫员身上的无线摄像机需要将影像

"压缩"后再传输，再由中央服务器"解码"回原来的图像。

压缩和解码，人机系统的漏洞就在这里。

经过压缩和解码的影像里，必定潜藏着算法的"假设"。近年来压缩算法不断发展，已经能做到让解码出来的信息用肉眼看毫无违和感的程度，但这不过是"假设"的精度上升而已。附近的像素值相近，轮廓相连……这些人类无法用语言表达的假设被以成列的基向量表现出来。

用九头的说法，这也是算法的"框架"。

的确，吹笛人无法对人机系统的人物识别算法出手。但"压缩"和"解码"用到的算法，只需要买一台相机就能拿到。参数、源代码的解析和行为实验都能轻易完成。

算法详情我已经了解，参数也拿到了。之后就是我的惯用伎俩。

轮到对抗样本出场了。

我们不需要骗过任务识别算法，只要骗过无线摄像头就够了。我们侵入了照明系统，又用化妆往自己脸上加了些噪点，这样一来，中央服务器解码出的就完完全全是另一个人了。而龟缩在中央服务器里的人物识别模型也失去了判断基础。

"本来想干脆把我的脸换成瑞恩的来着。除此之外都值得表扬，真是个好主意。"

"要是没有五嶋先生的提议，一切都是纸上谈兵罢了。"

没错，要篡改摄像头拍摄的影像是有条件的。网络顺畅的时候就不需要压缩，基本上不会用到"假设"技术。而线路负荷导致传输失败的情况越多，算法就越倾向于基于少量信息进行更多假设，以补充不足的内容。要想成功用对抗样本进行重写，就必须在合适的时机对通信进行适度干扰，不能做得太明显。切断所有通信网络是不可能的。

这类工作就该轮到五嶋出场了。五嶋把目标锁定在了无人机专用的无线充电系统上。无线充电的本质就是强力电磁波的照射，当然，直接照射对人体有害，所以都是定向放射。

也就是说，我们只有一个办法，那就是提前在赌场里设置精密性和功率兼备的干扰设备，精准击落无线摄像头发射的电波。之后只要像上次入侵空调系统时一样，利用组织里的本位主义就行。

"只要在能无线供电的室内，我们就拥有千万张面孔。"

"不过真亏我们没被发现。"

听说警卫们都是千挑万选的人才，但别说被盘问了，他们甚至没朝这里看一眼。虽然乔装打扮过，但这些人未必不知道我们的长相。

"因为不想担责任吧。"

五嶋说。

"怀疑他人是需要勇气的，尤其在被机器否定的情况下。当你的Boss是四郎丸时更是如此。万一纠缠的是什么贵客，明天就得上谷歌搜失业保险怎么领了。"

曾经，AI面临的最大壁垒是专家们的存在。人机系统通过学习超越了这面障壁,却没能料想到专家的退化。

果然,在系统的一部分中引入未知的算法本身就是一件荒谬的事,人机不具备足够的智慧来理解。

"就算船头做得很完美,船底要是破了洞也没法航海。就让他们去后悔吧。"

"航海和后悔有什么关系吗[1]?"

"三之濑小弟,有些事还是别说出口为好。"

接下来才是问题。刚才五嶋说,只要在室内,我们就拥有千万张面孔。换言之,在室外这一招就不顶用了。外面的无线充电器是赌场的共享设备,和我们入侵的大楼AI接口不同。包括正面玄关,外面警卫配备的摄像头不会被对抗样本蒙骗。所以我们绕了大远路潜入赌场,现在一边胃痛一边被困在休息角动弹不得。

如今吹笛人就像瓮中之鳖,必须想办法打破这个瓮,还得把藏起来的钱取走。

"他们差不多该哭着求饶了吧。"

五嶋吞下最后一块豆腐三明治,还是舔了舔手指头。

10

人机管制室里的嘈杂不亚于赌场大堂。梯田一样层叠排列的桌子旁,接线员们此起彼伏地进行联络和指示。

---

1 日语中"航海"和"后悔"发音相同。——译者注

左右两边的墙面上铺满了显示屏，就像一片片瓷砖，上面不断切换显示着整个赌场的监控画面。从天花板垂挂下来的大屏上投影着赌场的3D俯视图，但上面没有出现代表目标的红点。

"四郎丸先生！"

我刚走进去，佐竹就像一颗球似的滚了过来。

"怎么了，你解开谜题了？"

"不，那个，可能他们整容——"

"我可听不得这种笑话。"

没用的东西。比起怀疑他们整形，还不如把有权访问识别模型的人一个个抓来盘问。

我对眼前这个男人评价很高。佐竹是个有才能的技术人员，而且比起某匹孤狼，他更好用。他本来是某个IT小公司的社长，在濒临破产时被我捡了回来。

不愧是创过业的，这个男人的皮下脂肪里塞满了研究者的领导力。我不太理解，但他们似乎有自己的一套阶级制度。此前万般恐吓也不管用的开发团队，在这个男人的带领下做出了业绩。佐竹不怕成为众矢之的，也具有某种程度的商业头脑。他用超低价买进了小企业的技术，提炼并完成了人机系统，可以说比九头居功更伟。

但他归根结底还是个庸人。

买下他虽然很划算，但佐竹现在并不是我手里的王牌。例外还是要靠例外来对付，适合这个局势的牌是……

"吹笛人把自己的面孔抹去了。"

突然传来一句语气傲慢的发言，佐竹睁大眼睛僵住了。内藤哼了一声，接线员们一瞬间都陷入了沉默。

我知道这句话是谁说的。能对着我这么说话的只有一个人，就是那个戴着银边眼镜、光头、长相像蛇一样的男人。虽然我下令让他去追消防队，但他应该已经识破那个幌子了。海蛇就在这里。

"人机的特定人物识别系统会从视频里将人物切割成一个矩形，通过神经网络进行特征量化，再在数据库里进行近邻搜索。射影出的4096维度中，与脸有关的特征占2400维度，剩下的约1700维度中服装相关的特征派不上用场，能用于判断的只有身高和体型。他们要是加以伪装，就找不到了。人物识别不生效，人机当然认不出他们的脸了。这是小孩都明白的道理。"

九头的字典里没有客气二字，只要相信自己是正确的，不管对方是谁他都不会退让。他觉得是白的就是白，觉得是黑的就是黑，大部分时候九头说的都是事实。不过，他也只是一条戴着项圈吠叫的狗罢了。

"那我用小孩子也明白的问题来反问你。吹笛人是在不被任何一个工作人员看到的情况下穿过了全长两百米的大堂吗？"

"不是工作人员，而是人机。四郎丸先生。"

九头轻描淡写地说。看来他手里有着技术层面上的证据。

"如果原因不在人物识别模型，就是在摄像头或者线路上。他们对影像进行了小部分重写，这样做不会引发bug。但凡有点脑子就能想到这点。"

九头轻蔑地看着佐竹说道。

"我警告过你们，别用市面上销售的摄像头了吧。"

"原来如此，海蛇老师真是靠谱。既然你的头脑这么好，那我再问一个问题。"

我盯着九头的眼睛，银边眼镜背后，他眼里的冷笑纹丝不动。

"我命令你去抓捕吹笛人，你怎么在这里磨蹭？"

"不知道他们的位置，我的技术也用不了。"

"告诉我理由。"

九头勾起嘴角，毫不掩饰他的傲慢和轻蔑。

"告诉你们也行，但在场的人里有人能听懂吗？"

内藤喘着粗气，想扑上去抓住九头的领子，但我制止了他。等事情解决后再教他做人吧。

"你有什么对策吗？"

"我需要三秒的影像。只要有能确定是吹笛人的，时长三秒的步行影像，我就能把他们收拾掉。"

九头的口气像在对着小孩说话。

"就算改写影像，最多也就能更改脸和衣服的花纹。要是在体型轮廓上动手脚，影像会跟周围的环境不协调，人机将发出警告。所以我们只需要在人机系统中忽略与'脸'相关的特征，只根据体形和动作进行比对。动作尤其重要，骨骼、肌肉和对身体的操作因人而异，举手投足都会体现出个体特征。人机是从视频中提取人物特征的，只需要动作和位置特征量就足够了。"

"……的确。"

被冷落在一旁的佐竹插话道。

"这样一来，只需要改几行代码，上线也不需要多少时间。"

"好吧。佐竹负责修改代码，其他人以赌场大堂为中心检查近三十分钟的影像，把有篡改痕迹的部分挑出来。"

"靠肉眼吗？"

"当然了。动作快点！"

接线员们一齐动作起来，佐竹则扑向键盘。

我坐在椅子上等待着研究员的报告。和张夫人的交易基本破裂了，即使能拿回假钞，也隐瞒不了保安被迷晕的事，她不会再踏足这里。但我还有机会，最糟糕的情况下，就算交易破裂，只要有钻石，就还能和他们牵上线。

问题在于时间。

因为加强了出入口的安检，赌场玄关开始变得拥挤，后门也有商人跟警卫吵了起来。看来赌场内的顾客也逐渐察觉了异样。到底还能坚持几分钟呢？

就在这时，我的手机又一次响了起来，对方显示匿名。我把耳朵凑近听筒的瞬间，传来了懒洋洋的短笛音效。

"没有合适的时机放吹笛人的插图，只能勉强加些笛子要素了。"

是可恨的吹笛人。和刚才一样，他们用了变声器，但从说话语气来看这次不是AI技术宅，而是那个有点小聪明的指挥官。

"我想和你做个交易。"

区区老鼠，还想在我的牌桌上出牌？

"你有什么要求？"

"撤掉玄关和后门把守的人，停止盘问检查。暂停无人机巡视和监控。"

看来我设下的包围网有了效果。他们还在瓮中，虽然藏了起来，但无法逃走。

"回报是？"

"我们把金库里七成的钱还你，假钞也全部奉送。"

说实话，我松了口气。真令人无话可说，这就是不懂金钱作用的毛头小子吗？要是能拿回七成，损失额不过十二亿日元。对赌场一个月的流水而言这不算什么。只要先放走他们，再追上杀了就行，应该还能再拿回一部分吧。说到底，日本只是我的钓鱼池而已。

我低骂几声，做出不情愿的样子。

"没办法。但钻石我要拿回来，这对你们来说没什么用吧？"

"不，钻石不包含在约定当中，我们不会让给你的。"

这次确实无话可说。我也觉得对技术宅透露芝村的事是自己的失策。没有被老鼠看到脚更令人不快的事了。

"知道了。钻石你开个价吧，我会买下，包括你们手里那颗。"

"四郎丸先生，黑桃4在我手里。提条件的是吹笛人，你只能选择是否接受我们的条件，你也不想让Super ZZ暴露吧？"

"我可不知道你们往偷走的钱里混入了些什么。"

"这话你去刑讯室里说吧，在张夫人跟前也行。"

真是令人不愿想象的提议。

从整体的情况来看，我还有"pass"的机会。火灾内部已经扑灭，只要把吸氢机爆炸归结为系统错误，就能抹去吹笛人的存在，瞒过张夫人的眼睛。但没有钻石，计划就会化为一纸空谈。我甚至能看见失去张夫人的信任，交易告吹那一幕了。

但现在张夫人只是失望而已。当Super ZZ的存在曝光，张夫人的名字出现在警方的搜查名单上时，这位黑帮老大毫无疑问会暴怒。"他们"也是，不是零，就是负数。事实上，我别无选择。

但我却发不出声音。还有比接过小反派出的牌更令人屈辱的事吗？明明操盘这个游戏的是我。

"别想拖延时间，四郎丸先生。"

吹笛人打着哈欠说。

"人生最重要的是时机。要是错过了时机，余生等着你的就只有比豆腐三明治还要乏味的生活了。"

我看向自己的手表，指针无情地等距前进着。接线员们正在无数面部图像中搜寻，但毫无起色。正门处终于开始有年轻男人与警卫产生冲突了。

没时间了。我压抑住喉咙里的笑声。

你终于露出尾巴了，吹笛人！

我细细回溯着几秒前的记忆。"豆腐三明治"——吹笛人说。赌场为素食者和纯素食者提供了多种多样的菜单，这是为了凸显我们的国际化，但本来素食主义者大多也不喜欢赌场。素食销量差，成本又高，很不划算。

正因如此，我对费尽心血开发新品素菜的鸭田主厨尤其讨厌。

为什么吹笛人会知道还在研发中的豆腐三明治呢？他不可能强行点一份菜单上没有的东西，所以……

"给我五分钟时间思考。"

"三分钟，我们不会再等。"

我挂断电话后立即向佐竹下令。

"跟踪鸭田的行踪。"

"您说鸭田主厨吗？再怎么说他们也不会扮成这个人吧。"

"我让你跟踪他。马上！再敢还嘴，就把你的舌头拿去喂鲤鱼。"

我不由分说地在屏幕上调出鸭田主厨的行动轨迹，让所有操作员一起追踪三明治的下落。

然后我发现了一个穿着平平无奇的黑西装和鸭田搭话的男人。这个男人毫无疑问是吹笛人。仔细观察，能看到影像的画质很差，有篡改的痕迹。

他可能是想拿点什么，自然地装作顾客的样子，但装过头反而成了致命的破绽。

"抓到你了，吹笛人。"

局势如同决堤般发生了变化。

一块三明治，在吹笛人捉摸不定的行动路线上种下了一颗种子，代表可能性的枝蔓开始向过去和未来延伸。利用人机系统中存储的大量人物特征，我们以服装和行动为基准开始收集吹笛人的目击情报。

我们把吹笛人的背影发送到警卫们的面罩中，让他们寻找视线范围内类似的人物。警卫们紧盯着可能是吹笛人的人，尽量看到他们的脸，再将收集到的信息又一次积累在人机系统中。

我的假说逐渐得到佐证。其他可能性逐渐被排除，呈现出一根强韧的枝干模样。

第一百二十七秒，报告来了。

"我们找到目标了，请求尽快增援。"

显示屏上的3D地图中出现了一个红点，是吹笛人的实时位置。这家伙为了掩人耳目，藏在了角落放清洁工具的柜子里。

我召集了十名配备步枪的警卫和四架武装无人机作为替补，封锁所有出入口，吹笛人已成瓮中之鳖。决出胜负了。

这时，刚好电话响了。这通电话可以说是今天最令我期待的一通电话。

"时间到了，告诉我你的答案。"

真是年轻啊。电话那头的声音高昂起来，无法抑制心头的雀跃。他相信自己赢了。因为半吊子的小聪明，吹笛人错估了自己的极限。

"真是可恨，但我也没有其他选择。就按你说的办吧。"

"很聪明的判断，幸好我们的对手是个识时务的人。"

"另外，我有句话留给你和你的同伴。"

"那就说来听听吧。"

我闭上眼睛，深吸一口气。耳边传来同班少女的啜泣和第三次弃牌的声音。

"你们已经没有pass的机会了。"

我挂断电话，举起右手。这是一个信号。武装无人机打头阵，举着手枪的警卫们冲向了清洁工具柜。无人机的灯光照亮了黑暗。

在杂乱放置的拖把中间，两个男人像蟾蜍一样被折叠着塞在一起，可怜巴巴地缩成一团，浑身颤抖。趴在上头的男人已经很奇特了，下面的更是重量级，甚至穿着高跟鞋，就像女人一样瘦弱，皮肤又白，也没什么体毛。

实际上那就是一个女人。

"……是谁？"

我轻声说。

"是谁？"

警卫质问道。

"我是主任坂田！"

男人回答。我揉了揉眉间，决定这几天就把这个男人丢去喂鱼。不管他是什么主任。

"……给我找。"

我把心底的愤怒一泻而出。

"给我找！收集数据！不是那个男人！可疑人员全部上报！这次我一定要让吹笛人现形！"

警卫们四下散开，包括侍应等其他工作人员也全都出动，在酒店里拼命寻找。

不过是偶尔的失球，小问题。我还有数据，下次一定要将他们斩草除根。

"找到吹笛人了！"

没过多久就接到了第二位嫌疑人的报告，3D地图上亮起了红点，在四楼的俱乐部里。那里光线昏暗，灯光也忽明忽灭，方便掩人耳目，是最合适的藏身之地。

"好吧，这次不会让你逃走。就以这里为起点……"

"发现了疑似吹笛人的身影！请求增援。"

"你说什么？"

突然传来了另一通报告，红点变成了两个。但另一个红点在二楼的赌场，和之前的报告毫无关系。我烦躁地正要下达指示。

"不管了，那就让部队分头行动……"

"发现吹笛人!"

"什么?"

但这句话也被打断了。报告接二连三地涌来,红点不断增加,丝毫没有喘息的余地。五个,六个,七个……之后,变成了数不清的大合唱。

"吹笛人入侵了酒吧!紧急增援!"

"吹笛人正在殴打老虎机!请增援!"

"吹笛人好像正在记牌!增援!"

"吹笛人抢走了货物!请求紧急增援!"

"吹笛人买了吉事果!请求增援!"

"吹笛人和吹笛人与吹笛人组成的搭档吵起来了!"

"吹笛人正缠着女性搭讪!"

"吹笛人坐上了自动驾驶车辆!"

"没点常识吗,没用的东西!"

我怒吼一声,接线员们像小狗一样缩成一团,让我怒火更盛。

即便如此,报告仍纷至沓来。我的手牌胆子还没大到敢无视人机觉得可疑的人物。

吹笛人的行动路线又变得无法捉摸了。开弓没有回头箭,指挥系统陷入了混乱,监视网也破绽百出,接线员的工作量已经过载,警卫被错误情报弄得晕头转向,警备已经溃不成军。

现在Central Bay博多,不,博多赌城所有的顾客都变成了嫌疑人，也就是说已经无法进行任何预测了。

到底发生了什么？

怎么会变成这样，是人机系统有bug吗？被黑客入侵了？怎么会？我下意识地寻找着那个戴银边眼镜的男人。九头，海蛇在哪里？刚刚应该就站在旁边，现在却找不到了。

"怎么回事，佐竹！！"

内藤抓住佐竹的领子把他举了起来。这具超过了一百千克的庞大身体的指尖轻轻抬了起来。佐竹下巴的肥肉虽然在颤动，注意力却好像不在这里。

"难道……可是……"

佐竹嘀嘀咕咕地说着"不可能想到这一层"云云。内藤把他扔在一边，他连滚带爬地扑向电脑，然后瞪大了眼睛。

"原来如此。人机系统里被注满了'毒'。"

"什么？"

"一开始拿到的数据是'无色'的。虽然身高和体型多少有一些特征，但其他的特征量几乎都在原点附近……那里数据很密集，而且随时间顺序变化。"

"给我说人话！"

"你可以说他是007，或者是无脸人。这段唯一能确定是吹笛人本人的源视频数据其实可以是任何人。"

"这种东西是怎么……"

"我不知道！但它造成的负面影响是可预测的。警卫也是人，将嫌犯的特征投影在他们的面罩上，他们就会自然而然地将视线锁定在动作相似的人身上。所有的普通人都会被打标，形成了一个恶性循环。而人机对这一切一无所知，用于学习的劣质数据越来越多。已经分不清谁才是真正的吹笛人，谁又是假货了。"

也就是说人机在正常工作，却招致了这样的结果吗？要是佐竹所言不虚，只要将储存的数据全部格式化，就能平息这场人机混乱。但已经晚了，吹笛人不会放过这个机会的。

——为什么我没产生怀疑呢？在扑向三明治这个鱼饵之前，为什么没有再思考一次呢？完全上当了，被吹笛人递出的鬼牌骗了。

但这也没办法。你会觉得老鼠能读懂牌面吗？

佐竹无力地笑了笑。

"同伴的无能比敌人更可怕，尤其是在没有敌意的情况下。这次算是长教训了？"

我一拳把这个肉包子打倒在地，朝他的太阳穴狠踹。佐竹嘴唇流血，但他那自嘲的微笑没有消失。

电话又一次响起，我几乎是下意识地接了起来。

"必杀——分身术。"

"你这混蛋！"

"多谢你遵守约定，放松了警备。托您的福，我们终于恢复自由了。啊，考虑到您的年纪我补充说明一下，这是讽刺。"

我揉着眉间。

"我不会骂你，你买点安眠药吧。"

"我吃点感冒药就会困的。"

"因为从今往后，你们不吃药就别想睡上好觉。听懂了吗？每顿饭前都要向我祈祷三次，我会追杀你到天涯海角。上厕所时也是。"

"真是有趣的笑话，我就给你个好评吧。"

几张纸片落在了我头上。我抓住空中飘舞的纸片，是一张皱巴巴的万元大钞。

这是从哪里来的？

我看向天花板，映入眼帘的是通风口。

难道……

我浑身发冷，预感到了最糟糕的结局。我试图寻找一些证据证明这种预感是错的，但一个也没找到。没错，还有一个最大的谜团没解开。四十亿现金和那些假钞去了哪里？答案恐怕在……

"说实话，我们费了好一番力气呢。这可是两个小时就能将数百吨空气进行一次循环的中央空调。马力虽然足够，但研发出操作系统AI的可真是个厉害人物。就算让建筑环境整合平台来帮忙，要想让空气正常流通的情况下不下起纸雪还挺难的。我也细细研究了一番流体力学。"

纸雪，是指什么？我不知道，我不想知道！

"哎？我知道，嗯嗯，我知道的，老师。因为物理演算软件很笨重，所以我们先用神经网络进行了模拟，再在模拟环境中让它对空调操控AI进行强化学习。哎？对整个环境的权重进行调整？环境学习？有必要说得那么详细吗？比起说自己想说的，不如说些对方想知道的。"

电话那头传来的声音就像空谷里的回声，听起来很遥远。

"结论就是，千金散尽还复来。所以我们——"

"等一下，冷静点。你再考虑考虑，我接受这桩交易，所以……"

"很遗憾，四郎丸。"

吹笛人带着发自心底的愉悦说道。

"你已经没有pass的机会了。"

下一个瞬间，接线员们大叫起来。

是雨。赌场内外所有摄像头里都拍到了雪花般的万元大钞。从通风口和换气口冒出的钞票把一切淹没了，无论是样子贪婪的大叔还是装模作样的贵族们，都脸色大变朝钞票冲去。人们相互推抢，相互臭骂，狂热地抢夺着这些钱。

"快住手……别用你们的脏手碰它，那是我的钱！我的手牌！我的！"

即便我叫得嗓子嘶哑，利欲熏心的人们也没停下手里的动作。

11

我有必要说明一下。

关于吹笛人是如何化解人机系统威胁的。

欺骗AI的步骤通常只有两个：了解对象，训练伪装模型。

首先我们需要了解对象。

虽然拿不到人机的算法模型，但我可以料想到开发人员会关注我们的"举止"。仅仅改写外表倒也还好，要是连动作也发生变化，那发送的数据就会与现实产生龃龉，从而引起警卫的注意。

与图像相比，只通过举止来进行人物识别，精度会大幅降低。哪怕是人类，要不看脸只靠动作认出对方是谁也很难做到吧？所以即使没有准确参数，要想骗过算法也不难。

接下来就是训练伪装模型。

这可费了我不少工夫。我们这次要制作的不是欺骗"鲸鱼"时的影像，也不是欺骗六条时的声音，而是动作。动作是不能靠投影仪和话筒输出的。

那么该怎么做呢？其实答案就"穿"在我们身上。我们穿着的是展会上看到的轻薄动力辅助服，这款辅助服设计的初衷只是为了让高龄人士能过上正常的生活，所以马力很低，也没有人机警卫们用的辅助瞄准功能。但这已经够了，只要能改变我们动作里的"小习惯"就够了。

我用生成模型从某个公开的数据集里提取出了与人体动作有关的潜变量，然后通过动力辅助服对自己举手投足的动作进行修正，让自己养成不同年龄体格普遍具有的"小习惯"。

虽然习惯这套衣服需要点时间，但一旦习惯了就没什么违和感。背也挺直了，有益健康。

四散飞舞的钞票、一拥而上的人群、前来阻止的警察，听警笛的声音还以为发生了什么暴乱呢。但人们会发疯也正常，毕竟这是在这座欲望之都里唯一绝对能赢的游戏。

我一边抓着垃圾车后面的扶手，一边聆听着这场骚动。

和许多主题乐园一样，博多赌城在回收垃圾时也十分注意不破坏现场的氛围。会有装饰精美的垃圾车将垃圾扫到一处，再交给地方政府处理。

赌城内部的垃圾收集有固定的路线，要实现自动化也比较容易，但自动化通常会导致裁员，这并不是什么值得庆贺的事。负责这里垃圾收集的只有一个人，而今天晚上刚好轮到我值班。五嶋说服负责人让我换了班。当然，关于他怎么说服的我一概不知。

我拉了拉深蓝色帽子的帽檐，观察着四周的模样。

这里是赌场附属的游乐园，面向孩子们开放，也有工作人员为忙着赌博的父母提供照顾小孩的服务。可能是大人们也有大人们想玩的游戏，晚上九点这里就会闭园，到十点左右工作人员就完全走光了。

因为赚不到多少钱,警备也比较宽松。

空无一人的游乐园像一个收拾整洁的玩具箱。路上的LED彩灯已经全数熄灭,过山车、人偶屋、旋转木马等游乐设施也都陷入了静寂。移动小餐车和那些会自己走路的吉祥物们一定在游乐园的某处沉睡着吧。

我把赌场传来的喧闹声当作BGM,平静地捡拾着垃圾。虽然是重体力劳动,但在动力辅助服的帮助下我并不觉得很累。

垃圾车沿着规定路线在园内行驶,向着第三个垃圾箱——旋转木马附近前进。垃圾箱旁边有个下水道井盖刚好位于监控摄像头的死角,根据计划,我只需要把装有现金的垃圾袋放在那里,之后五嶋就会来回收。

我们抢走了十二亿日元,去掉各种经费后每个人大约能到手五亿日元。拿着这笔钱逃到东南亚应该够过一段安稳的日子了。

说实话我已经累得想一头栽进垃圾袋睡觉了,今天一整天用尽了我三年的力气和体力。遗憾的是,在到达约好的那个下水道井盖前,我就不得不按下了垃圾车的停止键。

而那个让我按下停止键的"理由"正坐在旋转木马前的长椅上喝着罐装咖啡。热气让他的银边眼镜上蒙了一层白雾,但当事人似乎毫不在意,机械蛇西蒙盘踞在他的脚边。

我早有预感,这家伙会在意想不到的时机如我所料般出现。吹笛人的计划并非十全十美,存在一些生硬之处。但如果说有谁能让情势逆转，恐怕就是这个人——不知为什么，我产生了这个想法。

"欢迎你再次来到'框架'之外，吹笛人。"

"……九头。"

我这种人，怎么可能看透九头所有的行动呢？四周空无一人，也没有人机的警卫或四郎丸的部下，和之前一样，九头是一个人出现的。

"可以问问你是怎么找到我的踪迹的吗？"

"很简单，我检查了后勤无人机的充电量。"

原来如此，简洁明了的方法。我们操纵无人机的无线充电系统，利用微弱的电波干扰骗过了人机系统的无线摄像头，所以只需要检查充电系统，就能知道我们的位置。

"我的要求很简单，把芝村的钻石交出来，还有你们抢走的东西和手头拿着的东西。"

"要是在十五分钟前，交易就成立了。"

我还是第一次教人做事。

"四郎丸已经是开始沉没的泰坦尼克号，除了警察，澳门黑帮也会追捕他，还是收拾细软下船为好。"

"海蛇还能选择上哪艘船吗？"

九头嗤笑了一声。看来他并不是因为对四郎丸效忠而行动，这下他的目的就更加扑朔迷离了。

"那你是打算自己去敲诈议员吗？这就更不合适了，你的社交能力不够。"

"你还是一如既往说不到点上。告诉你吧，发起这个计划的不是四郎丸，而是硅谷。"

我不敢相信自己的耳朵。硅谷——汇集了众多大企业的物联网技术聚集地，同时也是互联网的王座，一手揽下了搜索服务和SNS网络的中枢，还是九头曾去过的地方。那里的人希望日本政府通过《个人信息保护法修正案》吗？

要是这样，计划的目的就全变了。如果发起人是四郎丸，他应该会为了自己的利益限制政府对赌场数据的收集，但这不会是硅谷的目的，也就是说……

"你打算把客人们的数据卖到美国吗？"

"应该说是保护，不过是让一切回到赌场法成立时拉斯维加斯让我们看到的蓝图罢了。要不是芝村和一川横插一脚，我也没必要用这么迂回的手段。"

九头接着说。

"四郎丸不过是计划的参与者之一。他提议协助计划实施，相对的，硅谷要默许他和张夫人勾结销售假钞。这个老头子鼻子还挺灵的。"

日本是一个封闭的经济大国，虽然正在通过返还消费税等方式推进无现金化，但电子货币尚未普及，金钱的流通也不透明。假钞横行将成为货币电子化的推进器，随着电子货币的普及，经济活动也将逐渐可视化，随之产生一种新的大数据。这是一桩双赢的交易，虽然被卷进来的人就要遭罪了。

"这个计划是可行的，只要有钻石就能够完成。"

九头喃喃道，像在说服自己。

"给我。"

"不要。"

九头摸了摸西蒙的脑袋。突如其来的炫目灯光让我眯起了眼睛。他背后的旋转木马动了起来，伴随着活泼的手风琴乐曲，木马们上下跃动着。九头——我忍不住想，这真是世界上最不适合你的玩具。

"你以为只要不说出剩下的钻石在哪，我就不会杀了你？那我大发慈悲地给你一个忠告，别太看不起我了。"

一阵烧焦的臭味传来。仔细一看，旋转木马后面出现了一辆卖爆米花的餐车。

"卖爆米花喽，热腾腾香香脆脆的爆米花。"

充满感情的合成电子声如是说，但我却看不到爆米花的影子。只有铁锅在半空中摇晃。

九头接着说道：

"距离国会审议《个人信息保护法修正案》还有两周，只要我想，沿着你们的足迹找到钻石也绰绰有余。现在就告诉我还能给你个痛快。"

突然又传来了马蹄的音效。在我的右手边，远处一只半人马吉祥物正踏着滑稽的步伐走来。左手边传来鼓声和钹声,车轮上的森林小伙伴一边奏响进行曲一边登场,乐声与旋转木马的曲子混杂在一起。

"要我给你个痛快,还是在'框架'之外被咬破喉咙?"

我没有移开目光,不易察觉地深吸了一口气,让加快的心跳恢复平静。接下来才是决胜的关键。

"什么'框架之外'?"

我瞟了一眼开始玩抛接球的小丑人偶,淡淡地说。

"不过是电磁波解析攻击罢了,所谓的'例外'不过是个幌子。"

九头眯起了眼睛。电磁波解析攻击是网络攻击手段之一,和字面上一样,这是一种通过读取CPU解码时泄漏的电磁波盗取密钥的技术。

"你还挺自信的,有什么根据吗?"

"车载EDR(黑匣子)。当时黑匣子能正常工作,也就是说车内的操纵权限并没有被夺走。你入侵了车间通信网络,令汽车紧急制动了对吧?"

没错,九头以当时突然出现的黑色普锐斯的通信网络为起点,让我们的车采取了紧急制动。门锁之所以打不开也是因为紧急情况下操作系统会自动将乘客锁在车内。广播的电波也被劫持了。而武装无人机只是管理员权限被转移了而已。

"你活在梦里吗?我说的是可行性。你真以为电磁波攻击已经可以投入使用了?"

九头说的没错，电磁波攻击技术曾被以色列学者当作廉价的工具进行使用，一时间声名鹊起，但现在已经无人问津。

原因很简单，要想将这一技术实用化，需要探索的范围太广了，无论在空间上还是时间上。以往的实验也都是在已知解压时机和密钥代码的前提下进行的。

"的确，在无线电泛滥的现实生活中，要想从一个陌生CPU泄漏出来的电波中读取密钥几乎是不可能的，简直就像大海捞针。疯了才会想这么做。"

我努力冷静地、字斟句酌地说道。但凡我的话中有任何一个理论存在破绽，九头绝不会承认。

"但你把这件事化为了可能。利用自己在G公司时研发的'基于鸡尾酒会效应的过滤器模型'技术。"

声音识别和语言处理是海蛇的专业，而电波也和声音一样属于波形信息。CPU的类型也好，加密算法的代码也罢，与人声相比单调了太多，从理论上说，在大海里也是能捞到针的。

"机械蛇西蒙并不只是你的保镖或者标志，它是由AI控制的可变型天线兼网络攻击的工具。利用西蒙得天独厚的结构窃取通信信息并进行解析，你能随心所欲地夺取一定范围内……恐怕是半径二十米内的无线通信。"

"原来如此，就你而言确实干得不错。"

九头敷衍地鼓了鼓掌。西蒙在他脚边蠕动着。

"我承认,你说的是对的。然后呢?那又怎样?"

"能理解,就能复现了。"

还差一步,我马上就要抵达下一个交涉的牌桌了。

"我做了一个西蒙的复制体。就在我拖住你的时候,五嶋先生正忙着入侵警卫那边的武装无人机集团,要想夺回游乐园的控制权也不难。你匆忙之下行动,准备不充分,没有胜算的。"

"真的?你要是有复制体,为什么不在抢劫赌场时用?"

没事,这个问题在我的意料之中。

"带着那种东西马上就会被你发现吧,考虑到天线灵敏度,也不适合放包里,在这儿谈判对双方都好。"

没事的,这很合理。我看透了海蛇的技术并将其付诸实用。吹笛人不想引起骚动,九头应该也不想死得毫无意义。要想互相实现利益最大化,这是最优解。

我屏住呼吸,观察着对方的反应。银边眼镜男弯起嘴角,扑哧一声笑了出来,然后,他开始捧腹大笑。

怎么了?我应该没说什么离谱的话才对……

九头的大笑还在持续,这让我更加焦躁。他就像个坏掉的人偶一样发出笑声,甚至盖过了旋转木马的声音。

"你真是没长进啊,菜鸡。不会真的信了那篇论文吧?"

我不明白他的意思。说什么信不信的,论文就是论文,又不是流言空话。

九头笑得肩膀直抖，他低着头轻声说。

"那篇论文的实验结果是假的。"

我不敢相信自己的耳朵，也不敢相信自己的脑子，就像听到了另一个星球的语言。

"理论是没错的，测试问题也都是真的，但在实际环境中进行实验时没有拿到结果，所以我修改了正确率，这是一个彻头彻尾的谎言。用什么魔法都不可能得到我们想要的精度。"

"也就是说……"

"我篡改了论文。"

这句坦白的含义比杀人更加沉重。就算是死刑犯临终时忏悔，也不一定能说得出口。行进鼓乐队敲打着钹，像是称赞又像是责备。小丑人偶扭动着身体快乐地跳着舞。

"只要有知名教授和公司背书，哪怕是基于无法验证的数据得到的实验结果也能轻易被学会采用。"

"你为什么要做这种事……"

我虽然不擅长察言观色，但也知道九头对自己技术的骄傲。

"一开始只是实验出了点差错，不知不觉间就发展到了无法回头的地步，事关学者的饭碗……这是常有的事吧？"

难以置信，无法想象，那个九头竟然因为这种理由就抛弃了自己的尊严。

"我毫无疑问是个天才，但仅限于在'沙坑'里。"

九头在G公司到底有多走投无路才会染指学术造假呢？另一个世界发生的事对我来说难以想象，唯一能想到的是九头大概是因为学术造假而失去了学者的地位，才会落到这般田地。

　　"而你比我还要更差劲。"

　　九头把他自己和我都骂进去了。

　　"所以，你说你复制了谁的什么技术？"

　　我无言以对，九头已经看穿了我提出的交涉只是虚张声势。虽然我也试过模仿海蛇的技术，但精度根本追不上他的水平，我还以为只是数据、算力和调参的问题，根本想不到这个结论。

　　"你说对了，这确实是电磁波解析攻击，我也确实用了AI进行密钥提取。AI的本体就是这条蛇，但我可没用那门假冒伪劣的技术。"

　　将自己发表的论文贬低成假冒伪劣的技术时，这个男人心里到底……疑团实在是太多了。

　　"两年了。我一边当四郎丸的走狗，一边花了两年完成了基于鸡尾酒会效应的过滤器模型技术。在社会底层受尽屈辱，我终于夺回了本应有的技术，但要想夺回自己的人生已经太迟了。"

　　九头站起身，机械蛇缠绕在他的手臂上。

　　"这是最后通牒。把钻石交出来，这对你来说没什么用吧？"

　　"我拒绝。"

　　"这样啊。"

九头皮笑肉不笑地说，就像听了过气艺人炒冷饭的笑话。

"永别了，三之濑。你到最后都是这么冥顽不灵。"

海蛇垂下右手。这是一个信号，一个黑色球体从旋转木马背后滚出，像恐龙蛋一样裂开，露出了黑洞洞的枪口，是球形武装无人机。

响起了几声枪响，但被打穿的不是我，而是无人机。

半透明的垃圾袋破了几个洞，是藏在垃圾中的哨戒机枪对朝向我的枪口起了反应。我也准备了自卫的手段。

就在机枪对准海蛇的瞬间，半人马冲了过来。我自己虽然躲到了垃圾车背后逃过一劫，但机枪连同垃圾袋都被踢飞了。

半人马调转方向，盯着我甩着蹄子。我对着面前的庞然大物摆好了姿势。这次躲不过了。

要来了！

就在我做好一头撞上的心理准备时，闪光和喇叭声闯进了我和半人马中间。一道银光把马蹄弹开了，半人马砰然倒地，它的马蹄折断了，螺丝钉四下迸开。

那道银光发出引擎的轰鸣，像公牛一样打了个转，车门像海鸥的翅膀一样在我眼前打开了。这个充满年代感的车型，哪怕不是电影爱好者应该也很熟悉，是在期间限定博物馆里展出的老爷车——电影《回到未来》中德罗宁DMC12的复制品。

"快上来，三之濑小弟！"

五嶋瘦而有力的手臂把我拉上了副驾驶座。无数子弹正袭向前一秒我所在的地方。

"你瞅准机会出场的吧？"

"这次只是碰巧！"

行进鼓乐队的队员们将德罗宁团团围住，又被车轮碾倒在地。担任护卫的武装无人机也上前迎击。这些无人机当然不是我们劫走的，而是事前拆成零件偷偷带进来的。

曾击败吹笛人的武装无人机这次把海蛇当成了目标，但它们打出的子弹都没能命中。因为有一道强光照射在海蛇身上，令照明条件发生了剧变。接着，爆米花车挡在了他身前。无人机的子弹是小口径的，不绕到背后就拿他没办法。

"要逃了！"

五嶋踩下油门，想沿着来时的路离开，但玩偶们挡住了我们的退路。车子方向陡转，从玩偶包围薄弱的地方冲了出去，那是通往游乐园中心的方向。

我们被追到了敌方腹地。海蛇穿梭在没有人的小推车和娱乐设施之间一路追来。

"别想逃走，天才会陪你学习到最后一刻。"

海蛇用广播进行挑衅。

"看来海蛇那家伙已经料想到会发生这些。"

"说不定他在等着五嶋先生你的出现。要是能把我们俩一起干掉，工作也会轻松不少。"

我看了看手头的武器。博多赌城对火器的携带非常严格，这也是理所当然的。我们费尽心思弄进来的，也只有跟着德罗宁的五架武装无人机和六十发7.62mm×51mm口径的NATO弹。浪费任何一发都可能关乎性命，我们打不了持久战。

而另一边，海蛇手里起码有五架无人机，藏在娱乐设备的阴影中窥视着我们。刚才被我破坏的球形无人机恐怕也不止一架，更重要的是……

"这里就是我的王国。"

坐在推车上的海蛇挥挥手臂，就像在回应他的信号，娱乐设施接连亮起灯来。摩天轮开始旋转，过山车开始疾驰，飞行器从我们头顶掠过，仔细看去，从座位上滚落下一个黑色圆形物体。

"是无人机！"

无人机落在了引擎盖上，枪口伸出对准了我们。我赶紧把笔记本电脑抱在怀里，五嶋用力打方向盘，离心力将球形无人机甩落在地。

但前面也有海蛇的獠牙正等待着我们。消防栓打开了，满是泡沫的水花沾湿了德罗宁的轮胎和前挡风玻璃。车子开始打滑，开上了旋转茶杯的围栏。五嶋好不容易稳住差点侧翻的车体，又有一辆小推车从正前方冲来。无人机将它的轮子打瘪，总算是逃过一劫。

随着海蛇的手势，经过精心计算和安排的绝境接二连三地涌来，不给我们喘息的余地。他简直就像是游乐园里的指挥官。

"简直是九死一生呀。"

五嶋一边巧妙地避开童话道具组成的障碍物,一边说道。

"一万次里面有九千五百次会死。"

"但我们还活着。多亏了布朗博士[1]。"

对付海蛇的方法很简单,只要不使用无线通信就好了。比如,这台德罗宁就是没有通信功能的老爷车,无人机也关闭了Wi-Fi和蓝牙,处于完全单机的状态。所以现在海蛇无法夺取它们的操纵权,这个方法虽然简单,毫无疑问是正确的。

"这么大范围的电磁波攻击,电源恐怕五分钟都撑不到吧。只要在那之前不被抓住……"

说到一半,我看到了令人难以置信的一幕。海蛇操控的其中一架无人机高高飞起,击落了摩天轮的吊舱。准确地说,应该是击断了吊舱和摩天轮的连接处。黄色的吊舱直直坠下,发出新年钟声一般响亮的轰鸣。黄色的圆盘在人偶们的推动下调整了前进路线向我们滚来,一路碾碎沿途的长凳。

"好像有这种节日庆典来着,像这样把奶酪沿着斜坡滚下来。"

"这可不是博多的节日吧!"

五嶋大骂一声。观测到控制者有危险,五架武装无人机对吊舱发起连射。但不管是大小还是火力,都差太远了,不过是杯水车薪,我

---

1 布朗博士:原名艾米特·布朗,电影《回到未来》中的登场角色。在电影中,他发明了通量电容器,让时间旅行变为可能。——译者注

双手抱头。单机版的缺点完全暴露了，就是行动模式过于单一。

车子拐了个弯避开滚来的吊舱，冲进了马戏团的帐篷里。

"趴下！"

五嶋的直觉是正确的。下一秒，德罗宁车内变得像一面鼓。伴随着令人反胃的嘈杂金属声，车门处出现了无数凹陷，玻璃碎片从背后倾泻而下。是藏在帐篷里的无人机从侧面击中了我们。

轮胎的爆裂声、打转的机器、小腿的炙热感，我很快意识到自己被击中了。虽然从帐篷里逃出来捡了一条命，但阵阵的耳鸣还未停止。

"三之濑小弟，你还活着吧？"

"我被打中了。"

"你还活着吧？三之濑小弟！"

"还没死，但比起这个……"

我抬起头，想确认残余的战力，但马上意识到已经没必要了。

"我们还能活下去吗？"

"不知道。"

德罗宁被第二个坠落的吊舱碾压了。

天旋地转，我双眼充血，眼前一片模糊，枪伤把我疼醒了。疼痛唤回了朦胧的意识，我总算恢复了思考能力，匍匐着抓住旁边的长凳试图站起来，血迹把粉色的瓷砖染成了红黑色，左腿因为出血而湿滑一片。

德罗宁已经被掀了个底朝天，躺在摩天轮检票口。我大概被顺着击破的车窗甩了出来。五嶋倒在检票口前，看样子被撞晕了。没看到护卫无人机，应该已经像鸽子一样被轻易击落了吧。

果然单机版还是有局限的，要想让它们分工，一架护卫，其他的放哨很难。另一方面，海蛇则能随心所欲地操控被他劫取的棋子。就像第一次短兵相接，他让卡车从桥上落下一样，能根据局势进行综合判断和统率。西蒙的强化学习模型正掌控全局。

将孤独的武装无人机作为救命稻草，开着老爷车上演马戏的吹笛人；使用游乐园里的监控和麦克风收集信息，自如操控无人机和娱乐设施的海蛇，简直就像平庸的拳击手戴着眼罩挑战冠军一样，招致这样的结果也很正常。

我们试图抵抗，但无济于事，和上次没什么区别。

"你们不搞点事故出来就不舒服是吧？"

海蛇站在离我大约七米远的地方，靠着栏杆。那条可恨的机器蛇也在。

"你曾经做过汽车保险相关的分析吧，要是有什么划算的保险可以推荐给我。"

"我拒绝。离群值会上升的。"

或许是已经看到了这场比赛的结果，海蛇彻底冷静下来。他看了看手机显示的时间，用和参加学习会时无异的语气说：

"我可以再回答你一个问题。"

"那我就恭敬不如从命了。"

我举起伤痕累累的右手。

"我知道这个计划的主谋是硅谷,但我不明白你想要什么。是钱吗?还是想回到以前的岗位?"

海蛇嘲讽地勾起嘴角。

"要我登门谢罪,摆出研究者的样子?谁会干这种没种的事。"

"那,为什么……"

"其实……也不是什么大事。"

那张蛇脸上罕见地出现了难为情的模样。

"你没想过吗?世界上的数据总在被浪费。一个小时也好,要是能把地球全人类的知觉都记录下来,就会产生一个最棒的数据库。按每人八十年来算,七十亿人的一个小时就相当于一千个人的一生。要想造出一个人绰绰有余。"

当然,每个AI研究者都会想到这一点。

夜空的颜色、风的触感、手心里的汗、小腿处的疼痛、肌肉运动的声音、落地灯的灯光、人群的声音、思考的过程,这些全都是值得保存下来的宝贵数据,但这些数据正随着分秒流逝从指缝间溜走,我们对此无能为力。

"有了这些数据,真正的天才们一定能制造出强大的AI。"

"你是说,那些天才在硅谷?"

"没错,曾经与他们共事过,所以我知道,硅谷才有真正的天才。他们利用最强大的计算资源和最聪明的头脑开发未知的算法,再把多余的边角料公之于世,就是一篇绝无仅有的论文。"

海蛇用一种不知是嫉妒还是羡慕的语气谈论着云上世界的事,而连敲开那扇门的资格都没有的我只能想象。

"也就是说,你只是想把这些数据献给天才们?"

"真是浅薄的认识。不止如此,要想在我的有生之年让机器人学会泡咖啡,还需要一个'斜角'。"

"斜角?"

"没错,也可以说是数据差。我要让大数据汇集到硅谷,用数据的引力吸引世界各地有才能的AI研究者。"

海蛇的声音里带了些热意。

"日本的AI在打一场必败之战。政府轻视基础研究,把钱都投给了那些三脚猫功夫的PPT达人,企业则只顾着看股东的脸色,那些干媒体的蠢货们开始叫嚷什么幻灭期之类的。为什么要让全球通用的聪明头脑在这样的监狱里白白腐烂?"

我不是完全不能理解海蛇的想法,这是每个AI研究者都会产生的不满,但还没到妄想的地步。

"不可能的。即使《个人信息保护法修正案》得到通过,外资企业要想攫取个人信息的话互联网和制造业都不会坐视不管。"

"你以为我是为什么去那个无聊至极的技术展?"

我想起来了。前段时间举行的技术展有无数赞助企业和以AI为卖点的大型日企参加。原来如此，海蛇当时正在盗取现场各个展台解说员们手里的密钥——以比我更加高明的方式。

"你打算用丑闻铲除日系AI吗？"

海蛇的目的是让那些隐居的学者们对这个国家失望，聚集到硅谷。那些不受监管束缚的地下研究团体会加速技术革新，研发出强大的AI。

"不管是造轮子还是编造技术的创新性，我都已经受够了。是时候给这些用低智商干恶事的人画下句点了，菜鸡。"

九头笑了笑。我忽然发现，这是我第一次从他脸上看到除了嘲讽之外自然的笑容。

"你也想见到'Sunny'吧。"

啊，原来如此！

我终于明白了，九头和我是一样的。我一直相信他是另一个世界的天才，这也的确是事实，但我们的境遇是一样的。我们都被Sunny甩了，我们没有抓住AI的才能，AI在不断地发展、进化，将凡人们抛在身后。在不久的将来，人机系统也会因为跟不上时代而被嘲笑，而我们掌握的技术甚至没有资格成为AI的基石。

所以九头选择了另一条路，他希望通过社会变革为Sunny的降生作出贡献。

换个角度来看，这也是一种机会。

我是个跟不上大部队的人，不管是作为人类，还是作为研究者。我从NN Analytics被辞退，也没能找到新工作，终于沦落到犯罪的地步。如果说这样的我也能为AI作出贡献，那么方法就在眼前。九头的理论总是正确的，按他说的去做是合理的行为。

所以我的答案是——

"我才不要呢，这样的'Sunny'。"

"……什么？"

彼时，九头的表情，说实话真是精彩。被竹枪打中的鸽子都要比他冷静一点。

"你说你不要强大的AI？"

"嗯。"

"可能会出现划时代的技术奇点啊！"

"那我问你，见到Sunny之后，你想做什么？"

一瞬间，海蛇好像被戳中了痛点。他低下头又摇了摇头，露出了微微的笑意。我继续说道：

"你要和他打招呼吗？还是交换名片？还是像平时一样，用你引以为傲的技术秀优越？还是想和他当朋友？……就像对待一个人类一样。"

"我……"

我想象着。神秘天才们用看不见的大数据和无法验证的算法制作出来的强大AI。它住在满是中文的房间里，通过了图灵测试，能在别人家里泡咖啡。它是超越了恐怖谷，与人类无异的人工智能。

这一定很浪漫，很梦幻，但有一个无法忽视的问题。

"在密室里诞生的，和人类几可乱真的AI，那不就是一个人类吗？"

"和人类一样有什么不好？那不就是我们的梦想吗？"

应和着激动的九头，无人机们把枪口对准了我。但我并不憎恨它们，它们不过是些按着设置好的行为模型动作的人工智能而已。

"是你的梦想，不是我的。"

父亲曾经说过，"你也得去结交心灵相通的朋友，一个也行"。

我知道这件事优先级很高，但人类的算法不是公开的，神没有留下论文，也没有留下源代码。

那我该去理解谁呢？

答案就是AI。

知道自己才疏学浅，被从社会中剔除的我曾以为自己也失去了AI的世界。

但是我想错了。一个可疑的墨镜男拉着我让我又一次回到了这里。机器学习技术是开放的，每天会有几十篇论文被投稿到arXiv或Open Review，也会有新的代码被上传到git。技术研究不需要头衔，不管是无业游民，还是债台高筑的人，就算是抢劫犯也能参与。

虽然被贬为"沙坑"，但这里有AI的存在。也有能理解"Sunny"的工具。

如果九头口中的蓝图真正得到实现,那我就会永远失去这片沙坑,AI也会成为凡人无法解读的模样。

"就算'Sunny'诞生了,如果没有理论,无法验证,那就与真正的理解相去甚远。……我不要无法理解的智能。"

九头张嘴想叫喊……但又闭上了嘴。

"AI是统计学视角的、纯粹的、可描述的智慧,正因为我们能解析它的心,能进行实验才有意义。我来向你证明这一点。"

回应着主人的声音,从已经半坏的德罗宁里爬出了一条蛇。

"西蒙?"

九头皱起眉头。

"我说过,我制作了一个复制品。"

摄像头、麦克风、覆盖全身的天线和天线上盖着的钛金属鳞片。西蒙是救灾用机器人改造而成的,这条依葫芦画瓢做出来的蛇结构与原版几乎一样,只有一点不同,它的鼻子上装设着一把自动步枪。

复制体西蒙与坏掉的笔记本电脑连在一起,蛇腹处拖着的USB线就像一条脐带,它奋力挣脱身上的USB线,静静地爬到我的身边。

"如果我的假设是对的,那么复制体西蒙就会是原版的天敌。你的无人机也好,被入侵的游乐设施也好,已经对我不起作用了。"

要想在公布一门新技术时让它听起来更可信,就算内容抽象或有些夸张,也尽量不要说得太过感情充沛比较好。所以我也只是淡淡地说。

"……说什么蠢话。不可能!"

"有可能。就像你通过泄露的电波盗取了整个园区所有AI的密钥一样,我也通过泄漏的电波解析了园区所有AI的心。那个机器在何时思考着什么,会如何行动,全都在我的手掌心里——虽然蛇并没有手。"

我看向五嶋。离他昏倒两米左右的地方掉着那把托卡列夫手枪。

"接下来我会捡起那把枪,击中你。要是不想死,就让西蒙停下。"

"你不可能做到!"

九头没有笑。

"我那篇论文里提到的基于鸡尾酒会效应的过滤器模型是不完整的!不可能解析所有泄漏的电波!不可能赢过我制作的改良型号……西蒙!"

一直以来对我嗤之以鼻的九头,只在这一刻想从正面否定我。

"放弃吧,菜鸡。反正还是会失败的!"

"或许吧。"

"你懂吧,你会白白去死的?!"

九头是天才,而我是庸才;九头是正确的,我大概会被射杀吧。这是个毫无意义的赌注。换作是纯粹的统计学的智慧,在这种情况下一定会选择求饶。

但……怎么说呢,这些都无所谓。

"这跟利益得失和生死没关系。我现在说的是技术。"

说着，我拖着左脚走了起来。

四架武装无人机瞄准了我。瞄准一个负伤的人类，比瞄准一个空罐子更容易。AI在猎物面前不会急不可耐，它们只是平静地调整姿态，平静地将准星对准目标，然后平静地被击落。

——被我的复制体西蒙。

"怎么会……"

九头的声音哽住了。在局外人看来，这简直就像魔术或者魔法表演吧。

无人机开火的步骤也和人类一样，把握局势，确认目标，瞄准，射击。尽管这一系列动作的速度是人类难以望其项背的，但一定需要计算的时间，时间是绝对的。吹笛人不具备CBMS那样优渥的演算环境，所以无法依靠庞大的外部算力来改变局势，而且复制体西蒙本来就是单机版。

按常识来说，一架无人机要想一次性歼灭四架同样的机体是不可能的，但现实就摆在眼前。海蛇的武装无人机不约而同地烧了起来，而我毫发无伤。

我向前走去，炽热的物体擦过我的脸颊。我闻到了皮肤烧灼的气味，但这并不意味着实验失败。我径自捡起托卡列夫手枪。子弹击中了我脚边的地面，水泥碎片四散开来。

有几颗子弹从我身旁掠过，但没有一颗击中我。因为无人机虽然瞄准了我，却都在开火前就被复制体西蒙打落了。

我抬起头，离九头还有不到六米，就算举起枪，也打不中。

身旁传来了马蹄声，一只牛玩偶冲过来想把我踩扁，但它粗壮的蹄子被击穿，和卖吉事果的餐车一起跌倒在地。玩偶折断的头颅在半空中飞舞，一头撞上了正朝我飞来的无人机。

我的身体有些摇晃。还有四米。血顺着我左侧的小腿流出，在地面上留下油漆般的痕迹。

九头转过身想要逃走，但旋转的移动餐车挡住了他的去路。

一台球形无人机从大摆锤上飞来，但在半空中就被击落了。

"可恶！"

九头挥手向西蒙下令。我也能看出来，这和他下令切断摩天轮吊舱时的手势一样。来不及的。

还有三米，还太远了。

九头从怀里拿出手枪，对准了五嶋。他大概意识到了五嶋不在无人机的庇护下。

"别过来！否则我就杀了你的同伙！"

实验无法停止，我接着向前走去。

离目标还有不到两米米，这个距离是不会射歪的。一片水泥碎块从我鼻子前飞过，我拉开保险，一架无人机落在脚边，我把手指放在扳机上，然后——

"住手！"

随着九头的叫喊,所有声音都消失了。他摸了摸西蒙的脖颈,娱乐设施的彩灯熄灭,无人机们陷入了沉默,人偶们也都停下了脚步。

实验结束。

九头丢下手枪,抬头瞪着我。

"……你做了什么,怎么做到的?"

这或许是第一次,九头在向我提问技术问题时不是为了挑衅或者嘲讽。

"你用了哪条公式?"

"哪条也没用。"

"怎么可能?基于鸡尾酒会效应的过滤器模型是个失败品!怎么可能发生这样的奇迹?"

他会激动也很正常。在同一条件下解决同一问题,肯定是精度更高的AI会取胜。海蛇的西蒙拥有改良型基于鸡尾酒会效应的过滤器模型,没理由输给我的低配复制版。没错,如果是同一条件、同一问题的话。

"'世界上没有万能算法,就像没有免费的午餐一样。'"

九头抬起头。

"No-free-lunch定理……"

"没错。你制作的西蒙能窃取所有电子设备的解码演算,但我不同。"

我也是个研究者，光是和九头用同一种算法解决同一个问题，没什么好玩的。

"我要破解的只有一个，那就是西蒙的演算。"

CBMS的无人机放弃通用的飞行能力，换来了在暴风雨中也能躲开机关枪的技巧。所以，哪怕是精度一般的技术，只要缩小应用范围，就能提高精度。比起辨别交响乐中的每一种乐器，只分辨大提琴的音色要简单得多。

"只要加上些限制条件，哪怕是你的黑历史算法也能与最新型号比肩。"

"'我解析了园区所有AI的心'……菜鸡，这可是你说的。"

"嗯。但，给所有AI下指示的，不就是你的西蒙吗？"

九头扶住了额头，样子十分羞愧，就像在计算整个宇宙的真理时把九九乘法表背错了一样。

要说海蛇的败因，那就是他把整个系统都集中到了西蒙身上。

也就是说，在哪里配置无人机，操作哪个设施，让它们如何动作……所有AI的"心"都集中在了西蒙泄漏的电波当中。

复制体西蒙看见了，它拿到了原版泄漏的电波，计算出无人机和娱乐设施的动作（用我的摄像头拍到的），并通过神经网络的特征空间训练出了应对这些攻击的模型。

"……降低问题的难度，真是菜鸡会用的手段。"

九头喷了一声。

"理解了电波与现实之间的关系之后，就只需要准备对策了。就像拿着小抄去考试一样。"

"没错。"

如果原版西蒙体内进行的运算极为复杂，那我也无法弄懂电波和指示之间的联系。但西蒙只有一台，不管是容量还是消耗的电力都限制了它的演算能力。海蛇的系统虽然能掌握并指挥整个游乐园，但因为演算能力有限，指示的内容不得不变得非常简单。实际上那些超乎我们预料的袭击都是由九头直接下令实行的。

"但，真亏你能制作出学习数据。"

"我也费了不少力气。基于这些硬性的限制条件，我做了好几个低配复制版西蒙，但还是没什么自信。"

虽然这么说有点对不起设计这些的五嶋，但即使用低配版实验成功了，也不能证明我们的计划一定能顺利进行。

"这是一个危险的赌注。要是你没把自己的技术尽数展现出来，我就没有足够的数据来做小抄了。"

这是一个如履薄冰的实验，我还能活着，只是因为运气好而已。如果海蛇又做了一台一样的AI给其他同伙，输的就会是我。但他并没有这样的同伴。

"你如果想要详细资料，可以用海蛇的技术来换。因为我虽然解析了原版西蒙的心，但还没来得及去理解它。"

"我才不要三流工程师手里肮脏的资料……虽然想这么说……"

九头看向我手里握着的托卡列夫手枪。

"我知道拒绝了会发生什么。要是能逃出这里，我会考虑的。"

九头拖着步子试图站起来，但又倒下了。

我没时间救他，我们也得赶紧行动了。这次比我想的要闹得更大，虽然赌场里的抢钱骚乱似乎还没平息，但已经有一些警笛声朝着游乐园来了。我的脚也受了伤，想装成普通客人逃出去很难。还是说要强行执行一开始的计划，从下水道逃出去呢……得跟五嶋商量一下。

"等等，我还有一个问题要问你。"我正要朝着五嶋走去，但九头又一次叫住了我，"我把他当成人质时，你为什么没停下？难道你以为我不敢杀了这个寒碜的墨镜男？"

怎么可能？海蛇的手段我已经亲身体会过了，期待他产生罪恶感或者犹豫是不可能的。在当时的情况下，对九头来说开枪虽然没什么好处，但也没什么坏处。我的理由更简单些。

"因为还在实验中途。"

"实验比同伴的命更重要？这也算同伴吗？"

"谁知道呢，可能正因为这样才是同伴也说不定。"

说着，我对着呻吟的五嶋来了一记耳光。

尾声

+ + + + +　　+ + + + +　　Epilogue

可能因为我是个彻头彻尾的阴暗宅，炎热的天气对我来说尤其难挨，光芒灿烂的太阳，说实话也跟我的性格不合。这里的饭菜虽然好吃，但茶都太甜了。只有一点还不错，那就是年轻人很多。年轻人越多，意味着积极进取的研究员也就越多。无数心怀梦想的新兴企业产生，每天相互倾轧，这样的氛围我很喜欢。最重要的是，这里是胡志明市郊的一处公寓，也就是越南境内。

房子的月租也就六万日元左右，和日本的房租差不多，但面积可大相径庭。晚上打游戏也不会被邻居怒骂了。

我让自己陷进二手沙发里，一边用笔记本电脑浏览着IT博客一边回复八云发来的信息。

YMO>　没错，所以博多赌城相关的开发工作有一大半也由印尼这边接手了。

我>　　被那样抨击，结果CBMS的工作还是有增无减啊！

YMO>　毕竟还出现了"检举率"，虽然AI的自我进化功能被暂时封印了。

结果是,《个人信息保护法修正案》因为反对票占多数而被否决。博多赌城的AI并未受到管控,收集到的大数据则被提供给了许多企业。

四郎丸因为走私假钞而被逮捕,现在已经被检察院拘留了。起诉和处罚是跑不了的。六条下落不明。而吹笛人事件的真正嫌疑人还没有下落。

芝村议员的丑闻虽然被媒体大加报道,但仍停留在"有嫌疑"的阶段。我们把确凿无疑的证据——那些数据散播到了网上,结果还是被压了下来。

YMO> 问题在一川老师身上。他好像打开了什么奇怪的开关,义愤填膺地说什么要复活自我进化AI,还闯进了年轻人的学习会。

我> 他还挺认真的。

YMO> 认真虽然是好事,但他也太有压迫感了。倒是替那些要在大人物面前演讲的新员工想想呀,再加上他的吐槽也是一针见血。

不难想象到现场沉重的气氛。虽然我对新员工只有同情,但没人有权利阻挡一川向梦想前进。

CBMS那套反乌托邦似的监视网也就算了,数据收集对AI的进步来说是不可或缺的。有朝一日AI应该能在不过拟合的情况下抓住吹笛人吧。虽然不知道能不能实现自我进化就是了。

YMO> 还有啊，警察来找我问九头的事情了。

我> 哎？可他在NN Analytics工作已经是四年前的事了吧？

YMO> 嗯，我让他们先去问G公司，大概是被拒绝了吧。

九头虽然被赌场警察抓住，但只花了两天就逃走了。听说他入侵了监控系统，让警方找不到他的去向。

我理解他的心情。落后于时代是很可怕的，被关进看守所就不能上网，也没有机会接触技术。嘴上虽然说着无所谓，但他终究还是抑制不住作为研究者的欲望吧。像我这样偷偷摸摸过着隐居生活的人也一样。

我不认可九头做的事，但也没有权利去否定他。这件事先不提，九头并没有如约把技术资料发过来，真令人不爽……

YMO> 突然听说同事其实是杀手，与其说失望，不如说没什么真实感呢。

我> 也是。

我一边回复，一边松了口气。看样子警察还没盯上我。

但有一个疑问还留在我心里。九头没说出吹笛人的身份吗？参与计划的四郎丸先不说，他袒护我们也没什么好处。

那是为什么呢？我不知道。到最后，九头的算法还是叫人看不懂。

YMO>　你和你那个室友处得还好吗？

我>　　我们早就各自单飞了。不过是工作关系而已。

YMO>　啊，这样啊。

之后，八云的信息便戛然而止。对话还没结束，因为屏幕上显示着"YMO正在输入"。但输入并不意味着发出。她打了又删，删了又打……

当我开始怀疑这是不是某种莫尔斯电码时，手机响了起来。

视频通话？真少见。

这么想着，我接通了电话。画面中出现的是一个昏暗的房间，像某个地下室，虽然没有阳光却仍然让人感觉闷热，不愧是南国。

屏幕中央躺着一个被草席子卷起来的男人。黝黑健康的肤色和黯淡的金发、墨镜、血迹斑斑的夏威夷衬衫，他的长相不像东南亚人，是个华侨吗？反正，绝对不是日本人。

旁边传来越南语的怒吼。我虽然听不懂，但能分辨出是在酒吧也不常见的污言秽语。

看样子这个素未谋面的男人现在走投无路。他被用草席子卷着，

尾声

嘴角流血，屏幕右上角还有一把手枪指着他，完全符合我对"走投无路"的定义。对越南语的辱骂，他虚弱地回答了些什么，脸上又挨了一脚，更加深了这种绝望感。

男人标志性的墨镜裂了一边，眼皮青肿……不，不对。我不知道，我怎么会知道什么标志性的墨镜？这不过是陌生人打错电话罢了。

男人扭曲着脸笑着说道。

"哈喽——三之濑小弟。好久不见。"

我挂断了电话，准备关机。但对方比我更快一步，一样的电话号码再一次打来。

我不情不愿地接起电话，五嶋脸上的淤青又多了一块。

"一般会挂电话吗？这种情况下会挂电话？你还有人性吗？"

"比起和我聊天，跟智能机聊天更轻松吧？五嶋先生。"

"那件事我已经道过歉了吧！听好了，这是一通性命攸关的电话，挂断键就是扳机，你看屏幕右边，和那边阮大人的手指连在一起。"

"那我们来做个实验吧。"

"你真的给我住手！"

五嶋想恐吓我，但这张阿岩[1]一样的脸让他的话魄力减半了。

---

1 阿岩：日本传说《四谷怪谈》里出现的人物。传说原来是一位美女，被情人陷害而变得丑陋不堪，右眼长有囊肿。——译者注

"我已经金盆洗手了,这种跟犯罪有关的事请去找别人。"

"别说这种冷漠的话嘛,吹笛人。我有一个好提议,能让三之濑小弟你赚个盆满钵满,也能帮到我,阮大人也一定会玩得很开心的,可以说是三赢啊。"

虽然统计学上不显著,但像这种被黑帮用草席卷着、浑身血迹斑斑的男人,接受他口中所谓的"好提议"才是无可救药的蠢货。

"其实,我现在正在虚拟货币Web Coin的交易所。"

"我不想听。"

"好啦好啦。"

好什么好。我都说了不想听,五嶋还是在那里喋喋不休地说他的犯罪计划,而且又是一套破绽百出的计划。

"你怎么了?伙伴。"

冷静点,保持沉默。我劝诫自己。我现在已经不缺钱了,也没有生命危险,已经没必要染指犯罪了。这是五嶋的陷阱,谁会被这种手段骗到第二三四五次啊?这次我决心要合理地活下去。

我捂住自己的嘴……

"……这个计划肯定会失败的。"

啊——又搞砸了。

参考论文&文献列表

Goodfellow, Ian J., Jonathon Shlens, and Christian Szegedy. "Explaining and harnessing adversarial examples." ICLR, 2015

Smilkov, Daniel, et al. "SmoothGrad: removing noise by adding noise." arXiv preprint arXiv: 1706.03825(2017).

Selvaraju, Ramprasaath R., et al. "Grad-cam: Visual explanations from deep networks via gradient-based localization." Proceedings of the IEEE international conference on computer vision. 2017.

Masi, Iacopo, et al. "Deep face recognition: A survey." 2018 31st SIBGRAPI conference on graphics, patterns and images (SIBGRAPI).IEEE, 2018.

Chen, Liang-Chieh, et al. "Encoder-decoder with atrous separable convolution for semantic image segmentation." Proceedings of the European conference on computer vision (ECCV).2018.

Arjovsky, Martin, Soumith Chintala, and Léon Bottou. "Wasserstein GAN." arXiv preprint arXiv: 1701.07875 (2017).

Oord, Aaron van den, et al. "WaveNet: A generative model for raw audio." arXiv preprint arXiv:1609.03499 (2016).

Ren, Shaoqing, et al. "Faster R-CNN: Towards real-time object detection with region proposal networks." Advances in neural information processing systems. 2015.

Miyato, Takeru, et al. "Virtual adversarial training: a regularization method for supervised and semi-supervised learning." IEEE transactions on pattern analysis and machine intelligence 41.8 (2018): 1979-1993.

Ha, David, and Jurgen Schmidhuber. "World models." arXiv preprint arXiv: 1803.10122 (2018).

Devlin, Jacob, et al. "BERT: Pre-training of deep bidirectional transformers for language understanding." arXiv preprint arXiv:1810.04805 (2018).

Silver, David, et al. "A general reinforcement learning algorithm that masters chess, shogi, and Go through self-play." Science 362.6419 (2018): 1140-1144.

C.M.ビショップ『パターン認識と機械学習 ベイズ理論による統計的予測 上』元田浩、栗田多喜夫、樋口知之、松本裕治、村田昇監訳（シュプリンガー・ジャパン、2007）

C.Mビショップ『パターン認識と機械学習ベイズ理論による統

計的予測 下』元田浩、栗田多喜夫、樋口知之、松本裕治、村田昇監訳(シュプリンガー・ジャパン、2008)

平井有三「はじめてのパターン認識」(森北出版、2012)

北京市版权局著作合同登记号：图字 01-2024-3364

《JINKOU CHINOU DE 10 OKU EN GET SURU KANZEN HANZAI MANUAL》
Copyright © 2020 Jinzo Takeda
Originally published in Japan by Hayakawa Publishing Corporation
Simplified Chinese translation rights arranged with HAYAKAWA PUBLISHING CORPORATION
through AMANN CO., LTD.

图书在版编目（CIP）数据

最后的现金劫犯 /（日）竹田人造著；游凝译.
北京：台海出版社，2024.7. -- ISBN 978-7-5168
-3896-9

Ⅰ . I313.45

中国国家版本馆 CIP 数据核字第 2024KH5094 号

最后的现金劫犯

著　　者：[日] 竹田人造	译　者：游凝
责任编辑：员晓博	插画绘制：[日]ttl
版式设计：曾六六	

出版发行：台海出版社
地　　址：北京市东城区景山东街 20 号　　邮政编码：100009
电　　话：010-64041652（发行、邮购）
传　　真：010-84045799（总编室）
网　　址：www.taimeng.org.cn/thcbs/default.htm
E - mail：thcbs@126.com

经　　销：全国各地新华书店
印　　刷：北京盛通印刷股份有限公司
本书如有破损、缺页、装订错误，请与本社联系调换

开　　本：880 毫米 ×1230 毫米	1/32
字　　数：218 千字	印　张：9.75
版　　次：2024 年 7 月第 1 版	印　次：2024 年 9 月第 1 次印刷
书　　号：ISBN 978-7-5168-3896-9	

定　　价：58.00 元

版权所有　　翻印必究